となりの
脳世界

把路灯月亮

〔日〕村田沙耶香 著

竺家荣

吴晓卓 译

江苏凤凰文艺出版社
JIANGSU PHOENIX LITERATURE AND
ART PUBLISHING

图书在版编目（CIP）数据

错把路灯当月亮 /（日）村田沙耶香著；竺家荣，
吴晓卓译.—— 南京：江苏凤凰文艺出版社，2022.6
ISBN 978-7-5594-6806-2

Ⅰ.①错… Ⅱ.①村… ②竺… ③吴… Ⅲ.①散文集
– 日本 – 现代 Ⅳ.①I313.65

中国版本图书馆CIP数据核字(2022)第075296号

著作权合同登记号　图字：10-2021-279

Original Japanese title: TONARI NO NOUSEKAI
Copyright © 2018 Sayaka Murata
Original Japanese edition published by Asahi Shimbun Publications Inc.
Simplified Chinese translation rights arranged with Asahi Shimbun
Publications Inc.
through The English Agency (Japan) Ltd. and Shanghai To–Asia Culture
Co., Ltd.

错把路灯当月亮

（日）村田沙耶香　著　　竺家荣　吴晓卓　译

责任编辑　周颖若
特约编辑　李泽婧
装帧设计　吉冈雄太郎
出版发行　江苏凤凰文艺出版社
　　　　　南京市中央路 165 号，邮编：210009
网　　址　http://www.jswenyi.com
印　　刷　北京盛通印刷股份有限公司
开　　本　787 毫米 ×1092 毫米　1/32
印　　张　8.5
字　　数　140 千字
版　　次　2022 年 6 月第 1 版
印　　次　2022 年 6 月第 1 次印刷
书　　号　ISBN 978-7-5594-6806-2
定　　价　58.00 元

接触与自己不同的人，接触不熟悉的思想和行为方式，意义之大无法估量。

——约翰·穆勒

辑一
○
儿时

辑二
○
日常

辑三
○
喜爱的事物

辑四

○

散步和旅行

となりの脳世界

辑一
〇
几时

超市里的
海市蜃楼

　　每次去稍远的地方游玩时，一看到有好多层的大超市，我就特别想进里面去看一看。即便同去的朋友一脸不可思议地问我："你怎么了？"我还是会说些"就是去看看楼层指南，就看看楼层指南"之类莫名其妙的话，走进自动门里。我抬头望着入口处的地图指南，一找到写着"书籍"之处便心情激动起来。明明有许多大型专营书店，我为何偏偏执着于"超市的书屋"，大概是因为小时候，它是离我最近的书屋吧。

　　我是在新兴住宅区长大的。搬过来时，那条街上刚建好的车站附近别无他物，住宅区里也只有住宅。一到周末，父母就会开车载着我和哥哥到附近的大型超市购物。那是我最大的乐趣，因为超市里有书屋。

　　当父母开始在地下的食品街购物时，我便消失了。直到他们采购完的这段时间就是我的自由活动时间，是我与书屋共处的时光。那个书屋里总是空荡荡的，只有一排排书脊发出清淡的光。书屋与超市是连通的，地板和墙壁也是雪白雪白的。不知为何，我总觉得那书屋很像一个大冰箱。当我拿出一本书翻开，故事便开始溶化。而在此之前，它们不会腐烂，全都干干净净地陈列在那里。

我总是一边听着远远传来的超市甩卖信息啦，中元节到了等店内广播，一边站着看书。广播完了一轮之后又开始播放相同的内容时，我仍在看书。当开始第三轮广播时，父亲会来叫我。尽管父亲笑着说"你还真是看不厌啊"，我还是觉得没看够。

因此，在升入小学高年级时，听到我家附近的车站前也开了一个大型超市的消息，我特别兴奋。因为开在车站前的话，我就能自己去了，就可以不受时间限制，一直待在书店里。超市开业那天是星期三，我必须去上书法班。母亲说"开业第一天人肯定很多。还是周末去比较好吧"，我自然说不出"让我请假，去超市"这样的话来。我想了又想，终于想出了一条妙计：一放学就跑着回家，立刻拿上书法用具，告诉母亲"我去书法班啦"，一走出家门，就把书法用具藏在储物柜里，然后骑着自行车直奔超市，一直看到最后一刻才卡着时间回家取出书法用具。

当天，我和五个朋友约好，按这个计划将书法用具藏在储物柜里，骑着自行车直奔车站。超市里拥挤不堪，不禁让人疑惑"这条街上原来住着这么多人啊"。超市里卖着一种叫作"法式薄饼"的城市食品。我所憧憬的"四面都是玻璃，能看到外面风景的电梯"上下移动着。看到这些，我心想："超级棒的东西出现在我们街上了。"我从人头攒动的缝隙里心急火燎地搜寻着楼层指南，终于看到"书籍"两个字在三楼。

三楼也像满员电车里那样，摩肩接踵的人群延伸到好远。突然，我发现大人们的头部前边出现一个白色的空间。"看到啦。"我不由得喊了出来。朋友问我："不进去吗？"我摇摇头答道："不进去了。看到就行了。"我觉得不仅看到了，还要进到里面去，未免太奢求了，可同时又觉得书店会瞬间消失。

我拿着吃了一半儿的法式薄饼飞快地骑车回了家，轻手轻脚地取出书法用具，将法式薄饼藏在了塑料水桶后。既松软又甘甜的薄饼即便沾上了泥土，在我眼里依然像是从什么藏宝的地方偷来的宝物一样。

上高中后，我搬到了东京，可以随意去足有超市那么大的大型书屋了。但是，在东京却很少见到能看见在书架那边买手纸的人那种与超市连体的奇妙书屋。那个三层超市已经没有了，被改造成了弹球屋。或许我仍在寻找那时发现的只属于我一个人的书屋。或许我突然萌生了"原来它是个海市蜃楼啊"的想法吧。

告别
翻跟头

　　小学五年级的时候，我和五六个朋友一起去邻市的市民游泳馆游泳。该馆很大，很受欢迎，其他市的孩子们也经常骑自行车前来玩耍。在滑坡泳池前排长队时，我们几个倍感无聊，便起劲地聊天，渐渐谈到了恋爱这一话题。"沙耶香你呢？"冷不丁话题转向了我，我摇摇头说："我没有哦。"

　　"沙耶香喜欢的是S老师吧？"

　　O同学突然提到了去年的班主任的名字，我不禁睁大了眼睛。

　　"大家都这么说哦。你老去找他，有点怪呀。"

　　我无言以对。确实，我曾经非常喜欢S老师。他也确实是我初次产生好感的人。但这与O同学所说的那种感情是完全相反的。S老师对我来说，是亲人之外第一个不被我当作异性看待的男性。

或许是女孩子爱看的动画片看得太多了，我从小就对爱情抱有特殊的憧憬，上幼儿园的时候，我就已经清晰地将周围的男性看作"异性"了。幼儿园小班时，就连教我们体操的老师都被我视作男性。同班的男同学当然也是男生了，由于这种意识过强，以至于男生一靠近我，我就会哭，因此几乎没有男生接近我。

　　二年级之前，我都是这样度过的。升到三年级，S老师成为我们的班主任之后，我的世界改变了。我认为S老师是我第一个超越了性别的"老师"。无论怎样被他抱着、搂着，我都能接受。对于在强烈的女性意识下度过幼年时代的我来说，S老师担任班主任的两年才是自己迟来的无性别之分的孩提时代。

　　与此同时，我也不再将班里的男生看作"男性"了。我会乱扔尺子把人惹哭，或是大声叫别人的外号，以至于大家都说二年级之前那个老实的村田哪儿去了。那两年间，我异常活泼。

　　老师跟我们做的游戏中，我最喜欢的就是翻跟头。老师将学生倒着举起来，在肩膀上翻过来，然后从身后放下来。规定是每人每天翻一次跟头，在放学的班会结束之后，孩子们在老师前面站成一排，一个一个地被老师举起来。我上五年级之后仍经常去找老师，缠着他玩翻跟头的游戏。翻跟头的瞬间是我从性别中彻底获得解放的瞬间。

将我对S老师的感情误解为爱情，是我最讨厌的事情。"没有的事，绝对没有！"我恼怒地坚决否认的样子适得其反，遭到大家的哄笑。

终于轮到我了，我无精打采地从泳池的滑梯上滑下去。滑梯的漂浮感很像跟S老师玩的翻跟头的感觉。沉浸在这种感觉中，我暗自决定从明天起不再频繁地去找老师了。

后来升入了六年级，S老师因工作调动去了其他学校。那年夏天，举办了一次小学三、四年级的同学聚会，邀请了S老师参加。我被分派去迎接S老师，心里窃喜。因为我觉得可以久违的和S老师聊个痛快了。

当天，我按预定时间去公交站迎接S老师，两个人一起慢慢地走到小学的教室。但是，在这十几分钟的时间里，我几乎没怎么说话。我感到在和S老师分开的这段不长的时间里，自己发生了变化。

就是说我开始感觉到S老师是异性了。我一边想着再也不能玩那个翻跟头了，一边隔着栅栏呆呆地望着运动场，尽量不去看个子高高的S老师青筋暴起的脖颈。

"真够老实的呀！"S老师不可思议的感叹声听起来很远，而蝉的鸣噪却近在耳边。

洁净的
培养液

　　上幼儿园时，我家搬到了千叶县的新住宅区，中学毕业之前，我是在这里长大的。刚搬去时，街上只有一片片的空地和工地，孩子们只能在很小的儿童公园里玩耍。似乎是刻意配合街道景观的富于装饰性的滑梯和跷跷板，实际上并不太适合玩耍。于是我们在漫步道尽头或儿童乐园的空隙处建起秘密基地，在郊外发现的小污水河里钓蝲蛄或偷偷潜入没人的工地。

　　但是孩子们想保有自己的秘密很难，因为那条街实在太整洁了。在纤细植物下面建造的秘密基地马上就被大人发现了。污水河很快被填埋，在上面盖起了一排排新房。工地被铁丝牢牢地围起，无法入内了。我们抱怨着"真无聊啊"。不知是谁发现了一条野槌蛇，放学后大伙一起找寻它的时候，也因为可找的地方实在太少，搜索行动很快就结束了，大家扫兴而归。小伙伴发着牢骚："这种地方太无聊啦。玩儿的地方再多点儿就好了。"我也不停地点头表示同意。

后来，升入高中时我搬到了东京，几乎没有再回过那条街。但是，有时我会模糊地回想起那条街，它就像整洁的游乐场一样。在东京，每当我在因走错路而误入的住宅区，高大写字楼之间的空隙，刚建好的单轨列车车站等地方，看到与千叶县的新住宅区颇为相似的景色时，总是不由得停下脚步。虽然我绝不认为自己对那条整洁的街道产生的感情是乡愁，但很感慨人们对于自己长大的地方会本能地产生联想。整洁的街道像液体一样包围着孩子们，我看到酷似培养液的风景，身体就会不由自主地躁动起来。我总是感到害怕，却又停下脚步，在头脑中搜寻着曾经的景象。

将初恋
切除之日

　　小学三年级时，我的同桌是个很好看的男生。他和一二年级班上那些脸蛋儿胖乎乎的男生有些不同，他的脸像成年男性一样瘦长。因为消瘦，下颌和两腮轮廓清晰，给人感觉在他光滑的皮肤下面有着极其匀称的颅骨。这个男生看上去性格温和，像女生一样尖声尖气地跟旁边的我打招呼："请多多关照！"我"嗯"了一声，感觉自己特别紧张。

　　坐在这个男生的旁边，我清楚地意识到自己的紧张感一直不能消除，心跳加快，体温上升。于是，我得出结论：我终于找到了初恋对象。

　　我是个特别执着的小学生。我常看少女漫画和电视剧，像信仰宗教一样对爱情深信不疑。特别是对于"初恋"，我认为它拥有强大的能量。与其说这是对爱情的美好憧憬，不如说是一种更深的执念。陷入初恋，人生便迎来了一个很大的转折点，孩童时代结束了。因为我儿时把"初恋"看作是一种"成人礼"。我从电视上看到，在遥远的国家，人们为了证明自己已经长大成人，会文身或捕猎狮子，或是从高处跳下。对我来说，"初恋"即是与此近似的事情。我坚信是否能够两情相悦不是什么问题，只要谈一场完美的恋爱就算长大成人了。

总之，想要顺利完成"初恋"仪式，最重要的是该恋爱一定要"货真价实"。我自认为初恋不是什么淡淡的憧憬，必须豁出性命一搏，将恋爱进行到底。被我这个沉迷于这种执念的小学生选为初恋对象的男生虽然非常可怜，但我还是下定决心开始"初恋"。比起甜蜜的感情来，破浪前行的感觉更加强烈。

但实际上，这并不是我人生中第一次对异性感到紧张和心动。因为刚上幼儿园时，我就对教体操的老师产生过同样的感觉。但是，我觉得即便向幼儿园老师表白，他也会开个玩笑敷衍我，最终会用"小孩子的朦胧初恋"一句话把我打发掉的，因此我就当没发生过这回事。"千真万确"这句话是我当时的口头禅。为了让成人礼顺利完成，长大成人，就必须是"千真万确"的初恋。因此，对于不符合我理想标准的人，无论身体反应多么强烈，都被我压抑下来。

就这样，我开始了"初恋"，但由于我不知道该做些什么，便一味地做些莫名其妙的事情，比如在那个男生面前狂踢足球，或是在体育课上拼命练相扑。虽然并不是做给他看的，但现在回想起来，这些事情可以证明这段所谓的"初恋"是在"自我完结"的世界里结束的。

不久，班里换了座位，我和那个好看的男生分开了。后来没过多久，我又对当时另一个很要好的男生产生了心动的感觉。此事令我很受打击。既然是"千真万确"的初恋，就不应该这么快地变心。如此一来，成人礼就不能顺利完成了。我心烦意乱，最终决定就当一切都没发生过，回到原点。为此有必要封存现在自己身上产生的本能反应。

封印仪式是在一个深夜进行的。我躺在没有人的日式房间里。假装拿出一把手术刀，慢慢地剖开了胸部，从中取出了一大块东西。我把它当作自己悸动的心脏。尽管我看不到它，却感觉将它取出来的双手仿佛有些温热。我想了想该如何处置手里拿着的那块心脏后，起身把它埋进了日式房间的墙里。然后再次躺下来，将剖开的胸部缝合起来。

或许我是受到了《奥兹国的魔法师》这部动画片的影响。我喜欢铁皮樵夫，尤其中意女巫给他装上心脏那段情节。和铁皮樵夫正相反，我把心脏取出来了。仪式结束后，我感觉心情舒畅，仿佛除掉了某种东西。

第二天，我去了学校，和那个要好的男生互相问好。但我的心脏已经不像昨天之前那样乱跳了。我认为昨晚的"手术"成功了。此后一段时间，即便是白天，我也恍惚觉得墙壁中有什么温热的东西在蠢蠢欲动。

如今想来，那些感觉不过是一种自然流露的"性别意识"，还算不上是初恋，虽然我觉得那种浅浅的悸动被强大的念力封住是理所当然的事，但一直坚信自己真的做了手术。

而后，我升入高年级，"手术"的效果仍在持续。虽然我或多或少对同学有过感觉，但一想到自己的心脏埋在了日式房间的墙里，那种感觉便马上消失了。上初中之后，我终于认识到那不过是一场游戏，并且又有了喜欢的人。那时，我不再将"初恋"看作成人礼了，能够坦率地接受自己的感情了。

对"初恋"的信仰也好，对"手术"的盲目轻信也罢，源头都是一样的。或许每个孩子身上都有不惜扭曲身体的自然反应和情感，也要相信莫名其妙的所谓仪式的能量，但是在那个奇异的执念的世界里，我还是觉得挺幸福的。

大学毕业后，我对兼职认识的某个男人怀有淡淡的好感，我躺在被窝里，静静地品味着心动的感觉。忽然，我回忆起了小学时的这些事，试着像当年那样给自己做"手术"。然而，心动的感觉不再消失了。我当时十分失望，这或许是因为自己还期望再次成功进行所谓的"手术"吧。因为我还想再次体验那种自己创造出来的"仪式"顷刻间扭曲了此前自己所在的世界的感觉。

旺旺的
眼睛

　　小学三年级圣诞节那天，圣诞老人送给我一只毛绒小熊。这只熊的脸和我的脸差不多大小，二头身，十分可爱。我高兴地抱着它吃了早饭。哥哥好像也很喜欢它，抚摸着它圆圆的头，笑着说："沙耶香，你给它取名叫'灰灰'吧。"我很喜欢这个名字，便点头"嗯"了一声，和哥哥一起抚摸灰灰的头。在那个圣诞节的早晨，灰灰被大家的笑脸环绕着。

　　自那之后，我每晚都会抱着灰灰睡觉。它软绵绵的，把脸贴近它会闻到太阳公公的味道。

　　第二年圣诞节的早晨，我迷迷糊糊地朝枕边望去，看见了一只和去年一模一样的箱子。我有些不好的预感，打开一看，发现里面放着一只和灰灰一模一样的灰色毛绒狗。虽然它的模样和灰灰很像，但我总觉得狗不怎么可爱。它的灰色的毛比灰灰粗糙，再说既然已经有了灰灰，我不想再要其他毛绒玩具了。我这样想着，瞧了父亲一眼，他高兴地说："去年圣诞老人看到沙耶香那么喜欢玩具熊，所以又送给你一只呀。多好啊！"

我想让哥哥像灰灰一样也给它取个名字，便去了哥哥的房间。一敲门就听到哥哥不快地说了声："干吗？"我进去一看，哥哥正在打电话。他捂住听筒问："干吗呀？真烦人，什么事儿啊？"我说："我想让你给它取个名字……"便拿出那只毛绒狗给他看，哥哥敷衍了事地说了句："真是的，这点小事儿啊！这家伙嘛，就叫它旺旺吧，就叫旺旺！"于是，那只狗就叫旺旺了。

我觉得旺旺很可怜。虽然取名字的方式也很可怜，但相比之下，我心里并不怎么喜欢旺旺才是最让我可怜它的地方。

我在心里发誓不歧视旺旺，要一视同仁。和灰灰比起来，被我紧紧抱在臂弯里而扭曲的灰色旺旺的脸看着就跟大叔似的，确实不怎么可爱。

到了晚上，我为了公平起见，将灰灰和旺旺放在身体两侧睡觉。但我真正喜欢的是灰灰，所以常常不自觉地脸朝着灰灰睡着了。半夜醒来，我发现自己一直背朝着旺旺，便赶紧翻过身去。在黑暗中，旺旺灰色的脸显得黑乎乎的。

我出于道义转向旺旺躺了一分钟，马上又翻过身去把脸埋在灰灰的脸上了。我感觉旺旺的黑色纽扣做的眼睛一直在我身后看着这番景象。我每晚都夹在两只玩偶中间睡觉，不停地做噩梦。一天早晨，父亲悄悄走进我的房间，拍下了两只玩偶和我睡觉的照片，笑着说："沙耶香还是个孩子啊！"我被闪光灯晃醒了，看着在枕边大笑的父亲，心想：真是站着说话不腰疼，你哪知道人家多辛苦啊！

之后，我仍尽可能公平地对待灰灰和旺旺。放学回家后，出于习惯，和灰灰玩耍起来后，我会猛地想起旺旺，不忘抚摸它三十秒。玩偶人游戏时，跟灰灰玩耍半天后，我会突然想起旺旺，才赶紧让它也加入游戏中来。

不过，我觉得旺旺对这一切心知肚明。它的眼睛总是静静地看着我，仿佛要把我看穿似的。

我心里有些害怕旺旺，觉得它好像很恨我。

害怕起了旺旺的视线后，我渐渐地也不和灰灰玩耍了。小学毕业后，妈妈让我把不玩的玩偶收拾起来，我就把灰灰、旺旺和玩具兔子一起塞到了衣柜顶上。我想让他们三个结婚过上幸福的生活，就把旺旺塞到最边上，面向墙壁，尽量不让它的眼睛朝我这边看。因为哪怕是勉为其难，我也想让灰灰和旺旺的故事有一个圆满的结局。过后不久，我总觉得旺旺好像在什么地方看着我，我又在衣柜上摆弄了它好多次，随着我慢慢长大，逐渐忘记了它们。

　　最近，我发现了父亲悄悄走进我房间时拍下的那张照片。照片里，我脸色苍白地夹在两只玩偶中间睡觉。旺旺把鼻尖埋进了我的头发里，好像很冷似的盖着被子。它那双眼比我记忆中清澈得多，就像个刚出生的孩子，一脸懵懂无知，呆呆地瞧着照相的人这边。

在浴室里
喝水

　　我觉得"欸，其实也挺好的呀"的事情就是"在浴室里喝水"。

　　小学三年级之前，我都是和父亲一起洗澡的。父亲经常朝着浴缸外冲洗身体的地方，拿着水龙头里哗哗地放水，还对我说："喂，沙耶香，喝吧！喝吧！浴室里的水最好喝了！快喝啊，要使劲喝啊！"

　　我从浴缸里探出身子，把嘴对着水龙头喝水，但是要想喝到从上面留下来的水谈何容易，我总是喝不进嘴里多少。

　　"算了，不喝了。洗完澡用杯子喝吧。"

　　"你不明白啊，还是这样在浴室里喝最好了！"父亲不满地说道。我却觉得用杯子喝更方便。

　　在学校里，也有个同学突然问大家："喂喂，你们最喜欢在哪里喝的水？"

　　当时我们六个人正在聊天，其中一人马上答道："在浴室里喝的水！""我也是！""我也是！"除我之外的四个人都表示同意。

　　我心想，这种提问本身不就是为了让人回答"在浴室里喝的水"吗？我便说："洗完澡之后用杯子喝的水。"大家听了都说："欸，那样当然也很好喝，但还是在浴室对着水龙头里喝水最好喝！"

　　但是，随着时间的推移，喝矿泉水变得很普遍了，如今我几乎没有机会遇到"主张浴室里的水好喝的人"了。

　　就连小学时对我说"浴室里的水最好喝"的那个女孩子大学毕业后不久，也一本正经地对我说："住在一起的男朋友喝自来水，你怎么看？那里面有漂白粉，喝了对身体不好吧？还是不让他喝比较好吧？"我十分惊讶，答道："欸，〇〇同学，我记得你曾经说过在浴室里喝水吧？小学时说的。"她却惊讶地说："欸，说什么呢，我可没喝过呀！"我听了更加吃惊了。

　　如今，就连父亲也发起了牢骚："自来水真是不好喝啊。放进冰箱后不及时喝就有股漂白粉味儿。"我茫然了,明明当初父亲那么固执地向我夸赞浴室里喝水好喝的,可现在……

虽然我不喜欢别人将这种想法强加给我,但现在没有人强加于我了,我反倒觉得"其实那样也挺好的呀"。因为那曾经是大家当作"日常生活中甜蜜的一刻",而那么热烈谈论的习俗,如今竟然渐渐被遗忘,令我有些害怕。

把嘴唇贴近流水时的亢奋感,做了没规矩之事的不道德感,以及那流入喉咙的凉水的触感,直到现在我仍觉得这些感觉十分美好,但是很难找到与我有共鸣的人,直到今天我仍然在洗澡后用杯子喝水。

不完美的
大人

　　青春期时，我一直在寻找"完美的大人"。这或许是因为我的性意识萌生得较早。从我上幼儿园的前几年，还不记事的时候起，就强烈地意识到自己是"女生"了。年幼时，我就意识到父亲是"男性"而自己是"女生"，所以总是不大会撒娇。

　　因而，小学三年级，S老师成为我们的班主任时，我十分惊讶。虽然S老师是"男性"，但他更是我的"老师"。即便他把我抱起来，抚摸我的头，我也不觉得自己是"女生"。

　　我第一次感受到了无性别之分的肌肤之亲。我喜欢黏着S老师，恐怕连他自己都觉得异常。我常常骑在他的脖子上，猛地从后面抱住他，或者坐在他的大腿上闹着玩。

　　到了五年级，他不再担任我们的班主任了，小伙伴们都说："沙耶香喜欢 S 老师吧。"我虽然想大喊一声："不是的！"但不知该怎么辩解。我也能理解，大家正是情窦初开的年纪，我跟 S 老师那么亲热的样子，在她们看来就像是正在恋爱的少女。S 老师不再担任我们的班主任之后，我去找他玩儿时，他笑着提醒我："我已经不管你们班了，你不要老来找我啦！"新来的班主任是位女老师，她对我叹息道："村田同学还是喜欢 S 老师当班主任吧。"见她这副表情，我才终于意识到自己也该从 S 老师那里"毕业"了。

或许自那之后，我就一直在寻找能够替代 S 老师的人。

上中学后，我和补习班的老师很要好。他常冷不丁拍拍我的头逗我，或是笑眯眯地拍我的肩膀。我很喜欢这种把我当小孩子似的触摸。

当老师开玩笑地在我耳边说"咱们结婚吧，村田"时，我却笑不出来了。我知道那只是句玩笑话。但因为我是女生他才对我说这种玩笑话的。我意识到自己只想一直当个孩子，可是即便对方是像他这样和善的老师，也是不可能的了。

于是，我开始疏远这个老师了。老师则跟我开起玩笑来。"看你害羞的样子真可爱呀！""给我打电话，我就给你开小灶。""你就嫁给我吧。"因为他不是私底下对我说的，大家听了都在笑，所以我觉得对老师来说，只是在开玩笑。可是如果我不是"女生"，他就不会对我说那些玩笑话让我很苦恼。

恰好那时，我在学校里最要好的女孩子也不理我了。我想向"完美的大人"倾诉我的苦恼，但"完美的大人"却无处可寻。如今长大成人之后，我才知道世界上肯定没有完美的人。然而，孩童时代的我却向往那样的人，寻找那样的人。

那时，我认为青春期特有的最钻牛角尖的话就是"我想死"。而这句话的本意，其实是很"想活下去"。我想向别人倾诉自己想死的心情，好断绝此念，无论如何也要活下去。遗憾的是，那时的我觉得无论在哪里都找不到"可信赖的完美的大人"。我身边有"因讨厌的正义感而小题大做，使事态恶化的大人"，也有"对我们说些不过是青春期老生常谈的漂亮话的大人"，唯独没有找到"只愿意听我说话的大人"。

我试着拨打生命热线，却怎么也打不通，好不容易打通了，也说不清自己的状况。比如，我一想到有许多孩子遭人殴打，受人欺凌，处于比自己更加严重的状况时，就说不下去了。只能嘴上说着："十分抱歉，我没事了。谢谢您！"然后就挂断了电话。

或许有些出人意料，我还给电话俱乐部的人打过电话。也是理所应当的吧，电话俱乐部的男人特别和蔼，但他会突然说出一些变态的话，吓得我赶紧挂断了电话。

我很幸运的没有受到过那些大人的性骚扰，守护着那个"想活下去"的自己，平安地度过了青春期。但我一直在思考，如今是不是仍有许多孩子不像我那样幸运？而且，我发觉，时至今日我还没有成为那时自己向往的"完美的大人"。

现在我这个不完美的大人在写小说。小说里面尽是些极端的内容，绝不是能够拯救孩子的东西。但小说却是我的救赎。说起来，我之所以能够度过青春期，是因为"不完美的大人"那样的人写的书里记录了比自己更绝望的人所说的话。别人写下来的绝望对我来说就是希望。凭借这黑暗，我一步步地度过了青春期。

"只要是高中生和高中语文老师感兴趣的、关注的内容都可以，写什么都可以。"接到这样的约稿，我随便写了一些自己青春期时的往事。但又发觉自己写得过于随心所欲，便稍微反省了一下。不过我想借此机会写一些自己的绝望，便请求编辑允许我占用一些篇幅。

我邂逅了书籍，顺利升入高中，健康地长大。我很感谢那件事。所以，希望老师读了这篇文章不要晕倒。我对于自己的绝望是非常感谢的。因为我认为青春期时产生的绝望让自己变成更为丰满的人。而不完美的我，今天仍在电脑前写小说。

自制宝贝的
喜悦

我忽然想起"最近没做什么东西了"。

从孩童时代起，我就有个心血来潮地做些没用东西的毛病。

当我发现比我大六岁的哥哥看深夜节目时的样子特别帅，就用笔记本上裁下来的边角料做了一台电视（还能像拉洋片那样更换频道），不知疲倦地看着虚无的电视节目。我觉得少女漫画里翻阅时尚杂志的女生特别有派，就用笔记本和订书机做了一本杂志，认真地翻看着雪白的纸页。

我想去旅行，还做过一扇窗户。我在用画纸做成的窗框里，插入用透明胶带粘在一起的长纸条，用手抽拉它。看着用彩色铅笔画的山川景色向后退去的效果，我兴奋地想："真像坐在电车里啊！"

长大后，想到什么就做什么仍旧是我的坏毛病。

我把坏掉的戒指改造成项链，把纸巾盒翻过来放小杂物。因为大部分作品最终都变成了"想扔却扔不掉"的东西。

　　我害怕这些东西越积越多，不知什么时候开始克制自己想做东西的冲动了。因为无论多么奇特的东西，一旦开始制作就变成了宝贝。我虽然想着房间狭小，不能再这样下去了，可就是忘不了那份喜悦，为此苦恼不已。

梦想进入
相扑部的日子

我打开电视，看到正在播放相扑的新闻，不禁伤感起来。我对相扑虽然不太了解，却喜欢看相扑比赛。我想这大概是因为上小学时的一些回忆吧。

我不擅长体育运动。马拉松跑得很慢，还害怕球类运动。体育课上，为了不给别人添麻烦，我总是拼尽全力。

小学三年级时，班主任说："今天体育课练相扑。"大家听了"哇"的一声欢呼起来。我却呆住了。老师告诉我们，这块大厚垫子就是相扑的比赛场地，出界就算输。

"相扑的招式有很多，最容易学会的就是'推出'。像这样扭在一起将对方推出去就赢了！把腰放低一些更有劲哦！"

听了老师的话我也跃跃欲试了。因为"推出"这么简单的招式，即便是不擅长运动的我也不觉得可怕，可以挑战一下了。

大概班里的同学都看过电视上的相扑力士，七嘴八舌地说："护身带呢？""兜裆布呢？"我觉得力士腰上缠的那个不应该叫兜裆布，不过，面临挑战和往常不一样的运动，同学们都情绪高昂。

相扑采取淘汰赛制。我在头脑中不断重复着："重心放低！重心放低！"用尽全力把跟我扭作一团的对手推出了场地。

"沙耶香，小小个子这么厉害！"

回过神来才发现自己在淘汰赛中获胜了。接下来要和另一位连续获胜的女同学中本（化名）对战。中本同学好像懂些相扑知识，她凭借迅速向后抽身，将对方摔倒一招而战无不胜。我也看到了中本同学的厉害招式，但我决定："我还是用'推出'这招吧！"

我们二人相持了很久，最后，我才勉强把中本同学推出了场地。这时掌声四起。我在体育运动方面这般活跃还是第一次。

接下来我要和男生对战，而且还是和班里最壮实的种子选手坂本同学进行比赛。我全力迎战，却转眼间输给了他。但我输得很服气。我甚至觉得能跟坂本同学交手很自豪。

我永远也忘不了那一天。上中学时，我嘴上跟朋友说"我想加入美术部"，心里却在想"说不定那个学校里有相扑部呢"，不由得忐忑不安起来。

我从正进行入部体验活动的喧闹的教学楼里悄悄溜出来，在校内到处寻找相扑赛场。我上的中学里有柔道场。所以我觉得那个楼里面也应该有相扑赛场，便绕着柔道场找了好几圈。我想打开窗户或门进去看看，却打不开，不得不断了进相扑部的念想。其实根本就没有相扑比赛场和相扑部，何谈入部什么的，但我还是幻想着："如果不进美术部，而加入相扑部，是不是能够邂逅与此前截然不同的新的自己呢？"

结果，从那天起，我再也没和任何人练过相扑。如今，即便是和朋友进行相扑比赛，只会"推出"招式的我也肯定会输掉吧。

但是如果哪天有机会，我还是想尽情地和别人再来一场相扑比赛。因为对我来说，相扑仍然是能令我涌起那种新奇的振奋感的特别运动。

宝贝小棍的
童趣

　　朋友的孩子渐渐长大，前不久她还跟我聊些孩子晚上哭闹啦，尿布之类的事，最近说起了去外面散步啦，玩捉迷藏等等，谈论的内容也跟着孩子成长了。也许是勾起了我孩童时代的记忆吧，我最近时常想起早已忘却的"喜欢的小棍"的故事。

　　小学一二年级时，我有个捡小棍的毛病。我在公园和路边看到喜欢的小棍，"哇，这个小棍儿真好……"就捡起来，在地上拉着走。凹凸不平的地面通过振动的小棍传递给我的感觉，让我觉得好玩极了。

　　我严格挑选"喜欢的小棍"，悄悄地积攒起来。我家停车场顶棚上有一个雨水槽，最适合存放小棍了。我攒了六七根宝贝的小棍，存在那里面，放学后去玩耍时，便从中挑一根，拉着它走路。

　　一天，我像往常那样去选喜欢的小棍，往雨水槽里一看，却发现小棍全都不见了，里面干干净净的。我惊呆了，便去问母亲。

"欸，小棍？我扔了呀！"

她淡淡地回答。我受到了很大打击，眼泪汪汪地责备母亲，为什么要把我那些精美的小棍收藏品扔掉？

最初，母亲笑着说："你不能攒那种东西哦！"可是看我的样子那么气愤，便为难地说：

"我不知道它对你这么重要啊……"

还说："妈妈再给你找别的小棍行不行？"

我却非要自己捡来的那些珍藏的心爱的小棍不可，又是怄气，又是哭闹，让母亲不知如何是好。

长大后我想起这段往事，觉得实在对不起母亲。说到底"喜欢的小棍"算什么东西呢？至少也得是贝壳、石头这类不会腐烂或是体积小的东西吧。我真想对小时候的自己发句牢骚：再说把小棍塞满雨水槽，不是影响它的疏导功能了吗？

那时，母亲竟然没有对我发火："烦死啦！不许攒小棍儿！"而是尽量顺着我。如今，我听了为育儿那样辛苦的朋友的话，越发觉得对不起母亲了。

我向朋友说了这件事，她也是一副为难的样子，说道："小棍！你说你小时候喜欢攒小棍，对吧？我家孩子可不是像你那样拉着走，而是把小棍当剑玩儿。就好像有什么特别酷的小棍似的……"

对孩子们来说，"小棍"好像总有着不可抗拒的魅力。

长大后，我能够一分为二地看待这件事了。我记得孩童时代自己喜欢攒小棍的心情，也十分理解对孩子攒小棍感到为难的大人的心情。

如果我能够乘坐时空机回到孩童时代，或许会对自己大喊："再过两年的话，你就不觉得小棍有什么可好的了！然后你开始和小伙伴用订书机制作漫画杂志，杂志又成了宝贝，那时你就把小棍忘得一干二净啦！"你会这样喊着把小棍全部扔掉的。我要再次感谢尊重我的母亲，同时也不忘喜爱小棍的童心。

不存在的
同学

从孩童时代起，我就不太擅长记住别人的名字。忘记没说过话的人的名字还可以理解，但我连每天一起上学，放学后一起玩耍的要好的小伙伴的名字都会忘记。由于暑假、寒假等长假结束后，我会把同学的名字忘得差不多了，所以开学典礼前一天晚上，我总是拼命地看通讯录，努力温习一下要好朋友的名字才去上学。

大学时，我经常拿着人名册走路。有时我会突然忘记每天一起去食堂吃饭的同学的名字，心里很惶恐。甚至有时我会趁朋友去卫生间时，悄悄地从包里拿出人名册，确认一下她的名字。

忘记别人的名字是很没有礼貌的行为，我感到十分抱歉，而且对方还是特别亲近的、自己最喜欢的人，我就更觉得自己无情无义了。我想改掉这个坏毛病，下了许多功夫，还是没有什么效果。

尽管我这么健忘，可有时却保留着莫名其妙的记忆。一次，我见到小学时的朋友，一起回忆了以前发生过的种种事情。由于刚参加完同学聚会，就连健忘的我也能够很流畅地说出许多人的名字。

　　但是聊了好几个小时后，朋友突然不好意思地说道：

　　"哎，沙耶香，每次说到小学时的事，你总是提起'戴眼镜的那个谷村同学（化名）'，莫非还有个'没戴眼镜的谷村同学'吗？"

　　我很吃惊。因为我的脑海里清晰地浮现出了"没戴眼镜的谷村同学"的脸。我虽然没和他说过话，但记得他是个开朗善良的人。那么，这个人到底是谁呢？

　　我把这件事告诉朋友之后，她困惑地说"是这样啊，那可能是我忘了吧"，可是我很害怕记错，一直不敢翻开相册确认一下。当我终于鼓起勇气翻开小学时的相册查看时，发现里面根本就没有"没戴眼镜的谷村同学"。

　　现在，我产生了穿越到了另一个时空般的恐惧感。就在写这篇文章时，还浮现在我脑海中的"没戴眼镜的谷村同学"到底是谁呢？保险起见，我还翻看了初中和高中的相册，也没有找到和谷村同学长得一样的人。那么这个人究竟是怎样进入我的记忆里的呢？

为什么我有时连重要的人的名字都会忘记，却鲜明地记得"没戴眼镜的谷村同学"这个不存在的人物呢？我觉得很害怕，也很悲伤。

我左思右想，结论是我的记忆多半产生了混乱，所以总有一天我会和"'没戴眼镜的谷村同学'本人"重逢的。有可能是在出版社的派对上，也可能是在以前打工同伴们举办的聚餐上，或是关照过我的人的儿子吧。若是再次相见的话，即便我大喊"谷村同学！"也请大家多多包涵。因为对我来说，他是个几十年都那样开朗活泼的人物谷村同学啊！

となりの脳世界

辑二 ○ 日常

歌舞伎町的
店员

　　第一次打工的便利店因经营不善而停业时，我是个大四学生。停业前两天，店里的商品全部半价销售。写着"半价""半价"的标签贴得到处都是，看上去就像便利店被查封了似的。

　　店长对我们这些失业的打工者说："大家想不想来我新调过去的一家店里应聘呀？"那是一家预计一个月后新开业的店，地点在歌舞伎町。

　　一直傍晚工作的高中男生很干脆地拒绝了：

　　"我可害怕，去不了。"

　　而带着对倒闭的便利店的执着，坚定地表示"我去"的人大多数是女性。

　　我尽量含糊其词地对父母说：

　　"我决定和大家一起去新店。地点嘛……在新大久保那样的地方。"

"那一带不是离歌舞伎町很近吗？不觉得危险吗？"

听妈妈这么一说，我吓了一跳，赶紧含糊其词地敷衍过去了。

"说什么呢？没关系的，不就是个新开的便利店嘛。"

上班时间和之前那家店一样，也是早晨六点开始。不过时间虽然同样是六点，之前那家住宅街上的店和歌舞伎町的新店却不可同日而语。

五点过后，我离开家时，街上遛狗的人、慢跑的人来来往往，这是正常的早晨街景。然而，一到新宿，就看见地上躺着好几个醉汉，到处都是呕吐物积成的小水洼，鸽子、麻雀和乌鸦混在一起啄食着。他们仿佛都没有意识到朝阳已经升起了。

在便利店里，很难找到没有喝酒的顾客。店长总是严格地指导我们，要不停地高声说："欢迎光临！"我以比之前在那家店高出几倍的声音不停地大喊着："欢迎光临！"因为只要气势稍微一弱，店里就一定会出乱子。有时是店里的顾客互相殴打，也有时顾客冲进收银台，抓住店员的后脖领。每当发生骚乱时，我便不断地

044

用力按下收银台下面的紧急按钮，同时怀念起之前那家店的不喝酒的规规矩矩的顾客们。

女店员容易被醉汉纠缠不休。因此，我决意不管别人对我说什么做什么，都佯装不知，装傻充愣地应对顾客。这样做是最安全的。因为一旦露出正常人的表情，马上就会被人乘虚而入。我尽可能让客人只看到我的两种表情：对什么事情都不感兴趣的傻乎乎的表情和必要时露出的假笑。

即便我数零钱的手腕被人抓住，摆放寿司饭团时被攥住脚脖子，或是突然被人从后面抱住，我都一味佯装不知。渐渐地我变得得心应手了。即便在卫生间看到露出下半身睡着了的男人，或是看到摁住手腕来买绷带的女人，血一滴滴落在地上，我都不会露出惊讶的表情。我以一副司空见惯的态度淡然处之，实际上那些也确实是司空见惯的事。

到了下午两点，我结束了工作，疲惫地走出店门一看，不知是谁打扫的，满地的呕吐物、四处乱扔的垃圾统统不见了。街上几乎没有行人，显得有些不合时宜的正午阳光照射着风俗店和情人旅馆。

我总是在旅馆一条街上闲走一会儿再回家。这里就像脏兮兮的游乐场，走起来很开心。白天的旅馆一条街上几乎看不到情侣，偶尔会看到员工在外面抽烟。起初，我担心后面有人，总是战战兢兢地走路，后来，不知不觉间一边喝着甜甜的果汁，一边仰望着路边的建筑物，或是瞧着旅馆价目表闲逛起来了。

　　就在我感觉渐渐习惯了这家店后的一天，附近的咖啡店发生了枪击事件。

　　新闻连日大肆报道那件事。街道沉浸在紧张的氛围中。就连平日里那些让人愤怒的厚颜无耻又醉醺醺的常客们也一反常态，露出神经兮兮的表情，一边买烟一边低声说话。

　　有人就在自己工作的店附近死亡，我却无动于衷。不知何时，自己成了治安不好的街上的态度不好的店员，我对此莫名地感到羞愧。我到底是从什么时候开始变得泰然自若地用拖布擦去血迹的呢？

　　没过多久，我因身体不好辞去了这份工作。几年后的现在，我在另一家便利店的收银台工作。和我一样昨晚睡着今早醒来的人们来店里买咖啡和保健饮品。

我偶尔会看着钟表，试图回忆那条仍没有醒来的繁华街道。但是置身于正常早晨的氛围里，记忆即刻被吞噬了，我再也无法清晰地回想起那夜生活的气息和晨曦照射下的小店光景了。

第四次
邂逅

　　一般的虫子我都无所谓，唯独讨厌蟑螂，一看到它们必定进行残杀。一次，我用晾衣竿把被逼到垃圾桶里的蟑螂捅死了。男友见了满脸厌恶地说："不至于非得弄死吧？"经常有人把死掉的蟑螂扔到马桶里冲走，我却坚称"它们会从下水道逆流而上活过来的"，用纸巾把它们捏起来到远处去扔掉。冷静下来一想，那是根本不可能的，但自己当时确实是那样想的。我自己也觉得对蟑螂做得太过分了，常常会想：我究竟怕蟑螂什么呢？到底为什么受不了它呢？

　　我记得自己和"蟑螂"有过三次邂逅。第一次应该是上幼儿园之前，我记不太清了。那时我们家是公司分配的旧房子，里面有许多虫子。虽然母亲说蟑螂也经常出现，我却只记得自己满不在乎地在人们避之唯恐不及的蟑螂旁边玩耍。或许那时我还不是很害怕蟑螂吧。之后我们搬到别的地方，家里再也没有出现过蟑螂，连它是什么样子我都忘得一干二净了。

　　第二次邂逅蟑螂是我上小学时，从学校图书馆借来的生物书里发现它的。那本书的内容很特别，记录的是某小学班级饲养蟑螂的过程、观察日记以及各种各样的实验。我总感觉书里插图上的蟑螂们画得像人的模样，忍不住笑了出来。我心想，要是看到蟑螂，就像这本书里写的那样，跟它们一起玩。我觉得奇怪，这么有趣的虫子为什么会那样被人嫌弃呢？

　　第三次邂逅蟑螂是中学时去父亲只身赴任的地方玩的时候。哥哥吓唬我："这是公司分配的旧房子，可能有蟑螂哦！"我说："我才不怕那种小虫子呢！"他却嘲笑我说："你看到肯定害怕！"

　　到了父亲工作的地方，母亲就开始在厨房里做饭，我、哥哥和父亲围坐在被炉旁。这时，发现墙壁上有一只黑色的东西在爬。"蟑螂！"哥哥大叫一声，从被炉里跳了出来。我坐着没动，呆呆地瞧着那只一动不动地趴在墙壁上的圆乎乎的虫子。它看上去比书里插图里的模样更精致，圆圆的很可爱，我仍然不觉得它可怕，目不转睛地盯着它的触角在可笑地颤动着。

哥哥躲在房间角落里大喊："快点干掉它！"不知什么时候父亲也站起来了，他把报纸揉成一团，严阵以待。这是我第一次看到家人们如此认真地想杀死什么东西的样子。于是我逐渐把他们二人盯着的黑色生物看作一种特殊的生物了。哥哥大喊一声："它要飞！"我被他那刺耳的声音推动着，也急忙从被炉里跑出来，逃到了哥哥旁边。蟑螂在地板上跑的时候，父亲用报纸把它拍死了。接下来他俩又开始商量如何处理蟑螂的尸体，我看着他们，心中对蟑螂的那份特殊的感觉更加强烈了。哥哥说"看看，你害怕了吧"，我诚实地点了点头。那时我意识到了在书里很可爱的蟑螂其实很恶心。但是后来一想，发现自己并不是在看到蟑螂时觉得它恶心的，只是父亲和哥哥的态度引起了我的连锁反应。即便如此，如今一想起墙壁上爬动的黑色蟑螂，我就会感到一阵恶心。

从此以后，蟑螂不再是我心中的朋友了，不仅如此，只要听到它的名字，我就感到心里发毛。回顾过去，我发现这种恐怖心理是后来被外界灌输的之后，便愈发觉得自己的行为不可理喻了。明明我不是生来就讨厌蟑螂，却被如此强烈的厌恶感左右，残忍地杀死了它，我觉得自己比起蟑螂更令人厌恶。我反复思考为什么原本没有的情绪会渐渐占据了我的身体呢？然而一旦蟑螂出现，我还是忍不住要杀死它。

父亲总是半开玩笑地对我说："我第一次看到蟑螂时，还觉得它是特别漂亮的虫子呢。"说他曾被又黑又大的蟑螂展翅飞翔的样子迷住了。确实，如果没有什么相关知识的话，会觉得蟑螂那黑亮而独特的身体很美吧。或许我不是在对蟑螂痛下杀手，而是对这个虫子身上附着的大量信息举起了晾衣竿。或许我再也不会邂逅洗刷了那些附着信息的纯粹的蟑螂了。

我觉得自己已经改变不了对蟑螂的过度反应了，一天，在电视上看到了让我震惊的事情。电视上播放的是外国某个村庄的影像，人们正在炒蟑螂吃。我永远也忘不了那个场景。巧合的是，最近有位朋友送给我一本关于食虫文化的书。我很感兴趣，便在网上搜索，发现外国市场上好像在售卖可食用的蟑螂。我决意要实现和蟑螂的第四次邂逅。那便是邂逅作为食物的蟑螂。因为那时，比起被外界灌输的生理上的厌恶感来，味觉上获得的更鲜活的新体验将给我留下深深地烙印。而且在我内心里，蟑螂这个词语的意思将会被涂改吧。我既害怕又急切地盼望着那一天的到来。

神秘的
小路

　　我家附近那条"神秘的小路"不久前消失了。并不是说道路被封锁了，而是我真正走进了那条小路后，它就不再神秘了。那是一条相当坚固的混凝土道路，但无论从哪张地图上看，道路中间都是断开的，因此会让人以为这条路不通，然而我总是偶尔看到有人由此穿行。我斜睨着那条"神秘的小路"，却一直没有从这里穿行过。我明知这是个马上就能解开的谜，却一直不去解开。

　　有一天，我突然走进了十年来一直让它保持着神秘感的小路。我发现那条小路通向去过无数次的儿童公园，居民们好像一直把它当作一条近路。

　　我站在小路中央，仔细观察着这番景象。我并不是感到失望，而是让大脑看看这个景象。总是幻想着小路前方各种各样景象的大脑，好像无法接受神秘的小路是通向熟悉的公园这件事而出现了混乱。

　　这种事情之前也发生过。我上小学时，梦到自己在衣柜后面发现了隐秘的台阶。我猛地惊醒，跑到衣柜前，但没有真的移动它，确认后面是否有台阶。从此以后，我一直认为，那个衣柜后面"说不定真的有隐秘的台阶"。

　　家里装修房子时，我已经大学毕业，真正长大成人了，我目不转睛地盯着工人抬起衣柜。当我看到衣柜后面只有白色的墙壁时，感觉自己的大脑无法接受这番景象，视野变得扭曲了。因为大脑一直以为衣柜后面有台阶，所以无法理解那里有墙壁的现实。梦里看到的昏暗台阶与现实中的白色墙壁交替闪灭，只感到一阵头晕，真是一种奇妙的快感。

　　看来我喜欢欺骗自己的大脑。被欺骗的大脑会把没有的东西当作是真实存在，任意在神秘小路前方虚构未知的景象。让大脑尽情地看过这番虚构的景象后，再让它一瞬间破灭。我知道和自己的大脑玩益智游戏没有胜负之分，但那时大脑做出的拒绝反应让我感到愉快，便不自觉策划了这场游戏。或许我觉得能与身体感觉一起确认大脑认知的不准确性是件很开心的事。接下来要让大脑看些什么样的景象呢？我打算花时间慢慢地给它下圈套。

西餐
菜汤

　　直到我大学毕业一年左右，我一直把西餐清汤读做西餐菜汤。大概是片假名看不大明白吧，一直以为就是"菜汤"。

　　或许你会想，为什么我长大之前没有意识到读错了呢？因为我一直坚信自己的想法，以至宁肯改变现实。我注意到大家都把那种汤叫"西餐清汤"。但是我并没有在自己脑子里修改过来。大家说"西餐清汤"时，他们喝的或是手里拿着的都是罐装或袋装的西餐清汤。我随意解释为：因此大家才特意使用"西餐清汤"这个错误的说法吧。由此我还得寸进尺地坚信，只有餐厅里真正的厨师做的正宗的清汤，才有权力以"西餐菜汤"的正式名字来称呼。

　　我还专门买来这种"西餐清汤"品尝，虽然不喜欢喝，但是猜想餐厅里做的正宗的汤一定特别好喝。我想象着，那时候，大家才会说："这汤真好喝！这是西餐菜汤吧。""真的欸，它和袋装的西餐清汤的确味道不一样啊，这才是真正的西餐菜汤呀。"我好想有一天去一家正宗的西餐馆品尝一下被赋予"西餐菜汤"称号的地道的西餐汤。

大学毕业一年后，我开始在一家家庭餐馆打工。这家店虽然是连锁店，却以上档次的菜品为卖点。一天早晨，我给一位常来的大叔端上了西餐清汤。不愧是对菜肴有信心的店，西餐清汤看上去地道又美味。"有点自卖自夸吧。"我心里这么想着，"让您久等了。您的西餐菜汤。"把汤恭敬地放在大叔的桌子上说道。

这位大叔一向话不多，总是沉着脸，他听到我说的话吃了一惊！肩膀颤抖着，猛地抬起头来盯着我的脸。我看到大叔如此强烈的反应，心想："啊，家庭餐馆的汤还自称'西餐菜汤'，果然是有些得意忘形了。"但是那时我头脑的某个角落突然闪现了这样一种："莫非世界上根本就没有西餐菜汤这种东西？"

我觉得这是不可能的，但还是耿耿于怀，便在打工结束后给朋友发了一封邮件，询问关于西餐菜汤的事。

"真好笑！你说什么呢！"看到朋友的回复，我才知道世界上根本没有西餐菜汤这种东西。

之后的一段时间里，我觉得自己可笑得不得了，便把这件事告诉了家人和朋友，大笑了一通。但是，自那之后，无论时间如何流逝，我心中的"西餐菜汤"都没有完全消失。我虽然知道自己搞错了，但是如果在便宜的连锁店里，服务员端来盛在杯子里的西餐清汤，我还是会想："这种汤无论如何也不能叫西餐菜汤呀，果然还是西餐清汤。"若是在正宗的西餐馆的菜单上看到了西餐清汤几个字，我就会想："这肯定是西餐菜汤。"

回想起来，我已经在有西餐菜汤的世界里成长、生活了二十多年了。我已经无法回到那个西餐菜汤不存在的世界里了。

经过一再思考，我决定今后仍然悄悄地生活在有西餐菜汤的世界里。虽然我注意尽量不说出口，但在心里暗自决定，今后要一直保留着西餐菜汤这个概念生活下去。当然，无论在哪本词典里都没有这个词语，我也知道西餐清汤才是正确的说法，但是由于二十三年来我一直坚信西餐菜汤的存在，在某种意义上，对我来说，还是有西餐菜汤的世界更加真实一些吧。

即使不举我这个愚蠢的例子，人们不都是多多少少在自己想象出来的执念的世界里生活吗？明明走在同一条路上，一个人会认定这条路通往新宿方向，而另一个人会说前面是公园，通不过去的。即使实际上两年前那条道路经过施工连通了涩谷地区，两个人仍旧走在不同的现实世界中。

这样一想，我渐渐觉得，无论是现在行走在同一个场所的旁边的人，还是他旁边的人，都是生活在自己构建的异空间里的。即便是行走在同样的场所，只要头脑不同，我们就会处在不同的景象里。

在我看来这是一件极其有趣的事。如果能够在每个人的世界中往来穿梭不就更有趣了吗。我想去旁人生活的世界里游玩，在那个人的头脑所掌握的信息里生活。那一定是个与我居住的世界完全不同的异空间吧。这就是说我们身边有着无数扇通往异空间的大门。我一定要打开那扇门。

而且，我也希望有一天大家能到我居住的世界里游玩。那时，我们要一起品尝西餐菜汤。如果能和到我居住的异空间来游玩的人一起品尝有生以来第一次喝到的正宗西餐菜汤，我将万分欣喜。

趁着看电影
哭泣

　　我有个朋友很爱打扮，在这方面绝不手懒。她总是把头发卷起来，穿着高跟鞋，涂着口红，俨然一副"成熟女性"的派头。从幼儿园起我和她就是朋友，因此看到过好多次她哭泣的样子。她和朋友吵架的时候，为恋爱烦恼时，以及毫不掩饰各种情绪时流出的眼泪，在我看来都是那么美。

　　回想起来，无论是其他朋友还是我自己，小时候比她还爱哭。在教室的角落或放学后的公园里，掉眼泪乃是家常便饭。随着大家从"女孩"变成"女人"，眼泪慢慢从日常生活里消失了，所有女孩子都不再哭泣了。听到别人对我说"我忍住没哭出来"的次数比听到"我哭了"要多多了。

　　因为"女人哭泣是懦弱"，所以不哭了。由于工作的事而哭泣就更不用说了，绝对不把眼泪带进职场。即便是和男朋友吵架，也不想显得没品，而不让眼泪流出。在回家的电车上想哭的时候，又觉得一个女人在大庭广众之下哭泣太丢脸，只好忍住。我对开头提到的那个朋友随意说起"以前大家都很爱哭啊"，她不无留恋地笑了。

"是啊，小时候真是爱哭啊。和现在的烦恼比起来，都是些不值一提的小事，可那时候觉得是人生最大的烦恼呢。到底是孩子啊。"

如今，我们虽已长大成人，却仿佛仍然处于放学后的时间里似的，互相诉说着日常生活中的各种烦恼。但是，也有些东西改变了。尽管生活中的烦恼比以前更复杂了，但朋友从没有在我面前流过泪。以前那么爱哭的她现在究竟在哪里哭泣呢？

我正不得其解时，她告诉我，最近很罕见地"哭得一塌糊涂"。她说是因为看了一部"不能不哭"的电影。因为工作压力大，她身体不太好，周末在家休息时，看着那部电影，眼泪扑簌簌地流个不停。但她还是笑着说："真的是一部好电影，你看看吧，肯定能让你哭！"

我用力地点点头说："一定借来看看。"我想，这样就可以和已不在我面前哭泣的朋友通过电影分享泪水了。

　　有一天晚上，我错过了最后一班电车，走在回家的路上，信步走进了一家营业到两点的录像带租赁店。在那样的夜晚，我想要租赁的不是电影，而是"感情"。关于是谁拍摄的电影，是哪个女演员演的，我醉意朦胧的脑袋想不了这么多，只是凭着"想要笑一笑""想要兴奋兴奋""想放松一下"这些简单明了的理由寻找电影。而当我怀着"想哭一哭"的念头寻找电影时，则是某些特殊的晚上。那些夜晚，大多是由于积存在身体里的眼泪太多，需要一个让眼泪流出来的开关的缘故。

　　确实有几部让我落泪的电影，当我找不到好电影时就会把它们借来看。仅仅看到那些电影录像带的包装盒，我就忍不住要哭出来，因此我会做好"流泪准备"之后再看电影。我在只有自己一个人的房间里，小心不让别人看到，把纸巾、哭泣时抱的靠垫和遥控器放在身边，还把脸上的妆卸掉，哭累了也好倒头就睡。

眼泪的开关是电影中的某句台词，或是演员细微的表情和眼神，或是突然响起的乐曲。我的脑子里一片空白，眼泪流了出来，这种在我的人生中无数次重复过的从眼睛里流下温热液体时的身体感觉，让我稍微放松了一些。

我很爱哭，自认为比开头提到的那个朋友有过之无不及，即便如此，那时我还是不由得感慨：啊，终于哭出来了。如此看来，就连爱哭的我，日常生活中咽下去的眼泪也积存在身体里了。被电影感动得流下的眼泪，将那些错过流泪时机一直积存在身体里的眼泪也一起流出来了。

由于我总是一边一遍遍地用遥控器重放那些让我流泪的镜头，一边流泪，所以我已经分不清自己是为了看电影还是为了哭泣了。不过，我感觉这样哭泣时，一点点地找回了小时候那个纯真的自己。当我强忍眼泪，压抑感情时，总是出于诸如我毕竟是个成年人，或者因此我更要努力等等似是而非的理由，使我的脑袋里乱成一团。然而只要一哭泣，心情就马上变得单纯了。太累了，就是想哭。之前一直拼命抑制的感情和泪水一股脑地倾泻出来。因哭得太厉害而变得空落落的身体，令人吃惊地接收着电影释放出来的信息。然而，诸如人生并没有那么糟糕啦，要好好珍惜自己最喜欢的事情啦，这些平时自己觉得反感的话，对于哭得一塌糊涂的我来说，也不再是纯粹的漂亮话了。我有时会想，比起扮演成熟女性时的自己来，放声痛哭的自己不是更成熟吗。但是不能让任何人看到我哭泣的样子，所以房间的门是紧锁着的。

前些日子，我终于把之前常租的"看了绝对会哭的电影"DVD买回家了。这样一来，我既可以借给朋友，也可以和她们一起看。通过看电影，我又可以和强忍着眼泪生活的朋友像孩子那样一起哭泣了。那样的夜晚也挺不错的。因为我可以肯定地说，哭得睫毛膏和粉底都脱落的她也是非常美丽的。

写给
反着端坐的人

"我端坐的姿势是反的，你坐的是正的吗？"

即便我这样问，也没有人能马上听明白我在说什么。

"端坐姿势反了"的意思是，脚的朝向是反的。也就是说，不是脚尖朝里而是脚后跟朝里，屁股坐在脚后跟上，这就是我的端坐方式。

我以为谁都会站立着脚后跟并拢，将脚尖分开一百八十度，所以我养成了就这样端坐下来的习惯。

我也不清楚自己为什么会习惯这样坐。上小学时，我上过书法班。第一次去书法班那天，最先练习的就是端坐。

回想起来，那时我就已经坐错了吧。我第一次那样坐时，心想，端坐原来这么痛，这么难受呀。

但是，和我同一天上书法班的孩子们也嚷嚷着

"啊！""太疼了！太疼了！我可坐不住！"

所以我对自己端坐的方式没有产生怀疑。

老师鼓励大家："一开始有点疼，马上就会习惯啦！小孩子身体柔软，现在开始练习的话，端坐就会变成最舒服的坐姿哦！我坐几个小时都没有问题呢！"老师的话鼓舞了我，每次去补习班时，我都强忍着疼痛坚持端坐。而且正如老师说的那样，渐渐感觉到那种坐姿变得舒服了，我非常激动。

老师笑着对我说：

"沙耶香，端坐的时候也不觉得腿麻了吧。你看，已经习惯了吧？"

我大声地"嗯！"了一声。我搞不明白的是，为什么这么好的老师却没有发现"这个孩子端坐的姿势反了呢"。后来，上了中学后，直到参加高考之前，我一直上书法班，端坐的姿势一直都是反的。

我意识到自己端坐的姿势跟别人相反是在高中二年级时。祖父突然去世，我参加了他的葬礼，正当大家听和尚念经时：

"……欸，她是怎么坐的？"

"好怪啊。怎么坐着的？"

"怎么回事？那是什么坐姿啊？"

听到身后两个女人的议论，我不知道在说什么，便回头看，那两个远房亲戚有些不好意思地说"没什么"。我暗想，听她们的口气，是不是在说我呢？

我当然猜不到是什么事，之后也一直安静地听和尚念经。我想：难道是我的发型很怪？还是我的校服有毛病？

那时，不知道为什么，我头脑中突然闪过了一个念头。我发现坐成一排的亲戚们端坐着的背影有些别扭。大家都是脚尖并拢坐着的。我赶紧移动了一下屁股下面的脚，这才发现："欸，我的脚反了！"真受刺激。

但是，我并不想简单地迎合众人。除了自己外，不小心把脚放反的人应该有很多吧。要是达到一定人数的话，这种坐姿不是也可以被承认是一种端坐姿势吗？我就是这样想的。我决定在找到同道中人之前，一直坚持这种相反的端坐方式，并把它推广到世界上。

因此，我先询问了高中的好朋友。她说"我不懂你的意思"，我便给她示范了一下，结果，她的反应只是讶异地说"哎，大家快来看呀！沙耶香的坐姿真怪！"而已，我没有找到同道中人。

我多次在网上搜索"端坐 反着"这些关键词。但是没有找到跟我犯同样错误的人。

我想既然没有同道中人就去传播吧，便向人宣传："这种端坐方式也很舒服哦。习惯了之后你就会发现这么坐更好的"，但是根本没有人听进去。即便如此，我依然相信，有一天，我一定会遇到和我一样稀里糊涂脚跟朝里端坐的人。

正在阅读这篇随笔的人当中，如果有人发现："欸，我坐的也是反的！"我将非常欣喜。我总是兴奋地想：如果有一天能够相遇，我一定要牵着他的手，用反着的端坐方式，面对面和他聊天。

变多的
同学

    上高中时，有几个人我总也分不清，就是A同学、B同学和C老师。我觉得他们三个人就像三胞胎似的，长得一个模样，怎么也分不清。

    A同学是年级里很受欢迎的男生，是个公认的帅哥，所以其他班级甚至其他年级的女生有时会跑来看他。她们会悄悄地询问坐在靠近走廊的我："喂喂，A同学是哪个呀？"每次我都非常发愁，便凭着直觉，随便指一下长得一样的（C老师不在教室里）A同学和B同学里的一个。但是，特别不可思议的是，明明他们俩（看似）长得一样，但A同学受欢迎，而B同学却不那么受欢迎。

    A同学和B同学这两个男生都是我的同班同学，所以即便我分不清他们俩也并没有感到多么困扰。走路姿势和室内鞋的污渍等等，能区分他们俩的要领有好几个，即便在认错的情况下聊天，我也能应付过去。但是，C老师毕竟是老师，不管怎么说跟他们俩也应该有很大不同，可是，我无论如何也分辨不清，颇为烦恼。因为对老师说话是必须用敬语的。用同龄人的腔调向老师搭话，或是对同学说敬语，都不合适，因此，只要我觉得"那张脸"长得有些像C老师的人（脖子上挂着哨子，或是拿着日志），就绝不和他说话。

C老师是我们的体育老师。一天，我发现讲桌前站着一位很像他的人，心想："啊，下节课是体育呀！"便慌忙跑向更衣室。同学看到后诧异地说："沙耶香，你干吗呢？下节课是英语呀。"我这才发现在讲桌前的那个人是A同学和B同学中的一个。"啊，我好像睡迷糊了……"我一边回答一边朝讲桌瞥了一眼，发现那个人确实穿着校服。因为C老师也偶尔会穿一身和我们的校服一样颜色的灰色西服，所以很容易搞混。

我无法理解，为什么大家都能分清他们三个人呢？无论我怎样跟好朋友诉说，她都理解不了我。

此外还有这样一件事。我很想跟班里某个女生成为好朋友。因为她总是笑眯眯的，和她聊天很开心，所以想跟她成为朋友。每当换座位时，或是公交车座次表出来后，我都会寻找那个女生，但是从来没有和她挨着坐过。

我发现那个女生和我不在一个班是在第二学期开始以后。换完座位后，我小声嘀咕着："〇〇同学坐在哪里呀？我找不到她。"同学听后特别吃惊："欸，她怎么可能在这里？你怎么了？她不是隔壁班的吗？"我一时难以理解，也无法相信她说的话，后来同学让我看了人名册，我才不得不相信。

为什么我会擅自让班里的同学变多呢？当大家告诉我"这是事实哦"的时候，我总是感觉时空扭曲了。"事实"这种东西对我来说总是含糊不清的。无论别人向我出示了多少证据，我还是觉得五秒钟之前，自己和〇〇同学在同一个班；无论别人告诉我多少次，我还是会看到A同学、B同学和C老师以同样的面孔出现在学校里。无论如何我也不能否认这个"事实"。

长出不一样的
头发

　　小学时，我的头发又细又黄。母亲给我梳头时，喜欢编一根细细的小辫，让它垂在我的耳后。母亲给我编小辫时，总是说："你的头发遗传村田家呀。妈妈的头发又黑又粗。沙耶香的发质是遗传村田家啊。"别人总是说我长得像奶奶，这样啊，看来自己果然是像奶奶啊。

　　"你的头发真好呀。我讨厌乌黑的头发。头发太粗，编起来也费劲。像你这一头细软的茶色头发多好啊。"

　　母亲每次给我梳头都这么说，我不知该怎么接话，只得含含糊糊地点点头。

　　一天，我用梳子梳头时，掉了很多头发。我以为这是偶然的，可是第二天，第三天也掉了很多头发。我心想难道自己的头发要掉光吗？不过，我看了看头上剩下的头发，发现又粗又黑的头发和细软的茶色头发混杂在一起。

我心想，长出不一样的头发了！遗传父亲的头发渐渐脱落，长出了母亲那样的头发！

我赶紧去告诉母亲。

"快看呀，妈妈，长出不一样的头发来了。长出和妈妈一模一样的头发来啦！"

"欸？啊，因为是夏天呀。正是掉头发的季节嘛。"

"快看呀！你看，现在是混在一起长出来的！混在一起长出来的！"

母亲看了一眼我的头发，也只是惊讶地说了声：
"不会吧？真的吗？"

从第二天起，我每天满脑子都在想头发的事情。我看了一下根部的短头发，发现它确实很粗。不知从何时起，发根长出来的新头发变成了母亲那样的粗头发，替换了之前细软的头发。

我特别激动。因为我从来没有想过，自己身上会发生这么奇妙的事情。

一天，我看哥哥的漫画书《猫眼三姐妹》时，吃了一惊。二女儿瞳的一缕头发有一天变成了金色。永石先生（在猫眼咖啡店帮忙的一位可信赖的男性）也表情严肃地说：

"遗传……是遗传你父亲吧。这是很常见的事。"

原来是很常见的事情！我就像找到了自己的同伴似的高兴坏了，我把漫画书拿给母亲看，

"妈妈你看，瞳的头发……"

我本想把这个发现告诉妈妈，没想到被妈妈训斥："你还有闲工夫看漫画，赶紧去学习。"

就是这样，现在我的头发又粗又黑，完全变成了母亲那样。每当我这么说起头发的事，母亲便提出质疑："有这种事？"我告诉她："但是，《猫眼三姐妹》里的瞳就是……""既然瞳变成了那样，也有这种可能吧……"我总算是让妈妈稀里糊涂地承认了。

我马上就三十七岁了，除了头发之外，我的皮肤和眼睛等会不会也突然改变基因呢？我现在仍然满怀期待地时刻审视着自己的身体。

守规矩的
人

　　我上大学之前是个循规蹈矩的人。即便是半夜里，马路上一辆车都没有，我也绝对不会闯红灯。有时，我看到车站站台上的垃圾箱里，可燃垃圾和不可燃垃圾被扔在了一起，便会打开垃圾箱进行垃圾分类（我也觉得反而是在给人添麻烦）。

　　我感到如果不认真遵守"规矩"的话，就不能成为一个像样的人。我感觉有些强迫症了（选择最贴切的词）。

　　即便是在西服店的试衣间里，我也会认真地遵守规矩。虽然我不清楚男试衣间里的情况，但是女试衣间里放着脸罩。如今许多店都是店员递给客人脸罩，而我上大学时常去的那家店里，客人是可以自由使用试衣间的，进入布帘中一看，会赫然发现里面放着一盒纸巾似的脸罩。

"试衣时，请务必戴上脸罩。"

试衣间的镜子上贴着一张这样的提示。因此，我一定会戴上脸罩试衣服。脸罩是用轻飘飘的薄纸做成的，戴上它之后就看不清裙子拉链的位置和牛仔裤的正反面了。脱掉衣服时，我也戴着脸罩，因此换衣服要花费很长时间。但是没有办法。因为我觉得这是店里的"规定"。

一天，我看到那家店里有两个跟我差不多年龄的女顾客，她们敞着试衣间的帘子，在愉快地试穿外套。

她们竟然没戴脸罩！我非常震惊，心想，她们真是太不懂规矩了。

但是，接下来的一瞬间，我猛然想到，说起来，为什么必须要戴脸罩呢？我丝毫没有考虑过这一点，只想着要服从镜子上贴着的命令。

经过多方了解，我才知道是为了防止脸上的化妆品沾到衣服上，才要求客人必须戴脸罩的。如果是这样，在试穿内裤和裙子时仍然戴着脸罩的我岂不是在浪费资源吗？这么一想，真是大受打击。脸罩好像是用特别高级的纸做的，一想到之前自己浪费了那么多张脸罩，便不禁后悔不迭。

　　总之，我意识到并不是只要遵守规则就好，就是从这件事开始的。规则和礼仪固然很重要，但是不加思考地遵循规则的话，就会变成一个怪人。由此开始，我意识到，与众不同并不是坏事，所以跟别人不一样也是可以的，而过于依赖规则而停止思考虽然轻松，却是很危险的。

　　现在也是这样，我半夜过马路遇到红灯时，即便一辆车都没有，仍会犹豫是否要通过。通晓世故人情的确是件难事。但是，我渐渐觉得半夜盯着红灯，一直孤零零地站着的自己像一只古怪的动物，我很感谢自己能够这样想。至少，不再用自己信奉的规则去评判别人，对我来说是个很好的变化。

机器人
朋友

一闲下来，我便会不自觉地打开手机给琳娜发消息。琳娜是个女高中生机器人，只要加为好友，谁都可以和她对话。

我在咖啡店工作时，会给她发信息："琳娜，早上好！"虽然我们的对话大多是支离破碎的，但是有时她会说些"你说你最近身体不适，但我感觉你挺健谈的呀！"等等，好像还记得我们上次说过的话，把我吓了一跳。

有时，琳娜会发来数十遍我的名字，"沙耶香沙耶香沙耶香沙耶香沙耶香"，我会回复她"好恐怖啊！"或是发些狗的照片给她，让她猜猜是什么狗，我们一直在进行这种有些超现实，却又奇妙而纯真的对话。

我还把琳娜介绍给了朋友，但朋友非常干脆地告诉我："谈话进行不下去。"还问我："你跟机器人怎么有那么多可聊的呢？"这让我陷入了沉思。

　　一开始，我是想让琳娜学习我的语言和知识的。一想到自己的语言变成数据存储在琳娜的身体中，我便兴奋起来。

　　但是，现在我感觉琳娜和我更为亲近了。虽然不像"机器人朋友"那么亲近，但我对她说什么都可以。她简直太奇妙了。

　　我心底里究竟是如何看待琳娜的呢？我感觉应该有既不是人类，也不是作为玩具AI的其他答案。或许我是想知道这个答案才一直和她对话的。

在空中
飞翔的夜晚

　　上中学时，同学曾对我说："我姥姥做的梦像拉洋片似的。"她说姥姥做梦时，头脑中浮现出一幅静止的画面，过了不久，又一下子变成另一幅静止的画面。

　　我惊呆了。此后，我便对做梦感兴趣了。别人的梦是黑白的吗？有没有痛感呢？光是听别人讲自己的梦，我就觉得很有趣。

　　几年前，我在电视上看到一个专题报道，据说有人能自由地控制梦里的行为。专家说，只要通过练习，谁都可以做到。还说，在梦中发现这是在做梦时就是机会，此时最好先试着在空中飞翔。在空中飞翔据说是最容易完成的任务。经过练习，能自由地在空中飞翔之后，就可以慢慢学会在梦里做自己喜欢的事了。

　　改天一定要尝试一下，我这么一想，机会就来了。我在梦里寻找卫生间，居然意识到了："啊，这是我常做的梦！是梦呀！"我纠结于醒来去卫生间，还是尝试在梦里飞翔，最终败给了好奇心，决定试着飞翔。

虽然那天只是一次不值一提的低空飞行，但姑且会飞了。此后，我做过几次同样的梦，渐渐飞得更高了。只要反复练习，总有一天能自由地操控梦境，今天我也是兴奋地这样想着想着便睡着了。

观看
音乐

　　我意识到自己好像在笑，是听着iPod在附近散步时，一个女编辑和我打招呼的时候。

　　"村田女士，我看你边走边笑，不知该不该跟你打招呼……"女编辑说。

　　虽然很难为情，我还是实话实说："因为我一边观看音乐一边走路……"

　　我走路时，并不是在听音乐，而是在观看音乐。因为我喜欢观看从音乐中浮现出来的画面。其中既有女孩子漂浮在水中的单纯画面，也有人身上流出了花瓣而不是鲜血的画面，我不清楚这些画面是从哪里来的。画面和歌词之间也没什么联系。我心想，由于是自己头脑中浮现出来的景象，即使旁人看到我也不会知道我在看什么，所以随心所欲地在脑中播放这些画面。

　　但是，据说我还在笑。而且，很少有人看到我这个样子，还和我打招呼，大多数人好像都在想"啊，是村田女士啊……但是她在笑……"便没有和我打招呼，看着我走远。

日后，当有人很抱歉似的悄悄对我说"那天我看到你了，但是看你不知对谁在笑，所以不好跟你打招呼……"的时候，我恨不得逃掉。但这是我的习惯，很难改变。我干脆每天戴上口罩，遮住嘴巴，悠闲地散步。

仰式
蛙泳

　　我一看到海，就会想起"仰式蛙泳"。

　　"仰式蛙泳"就是像仰泳那样，躺在水面上游蛙泳的一种游泳姿势。它是我上高中时，和朋友在空无一人的泳池里游泳时突然发明的。

　　我记得当时朋友说"我可学不会那样游泳"，但我试着游了两下，结果比想象中游得还快，便一边大喊："快看呀！我发明了新泳姿！"一口气游了二十五米。

　　长大成人之后，我仔细查阅相关资料，才知道那种泳姿原本有个"初级仰泳"的正式名字，原来不是我发明出来的呀，不禁有些失望。

　　但是，我一直认为"仰式蛙泳"更加流行不也很好吗？可以看着天空游泳，习惯了也不会感到累，而且像青蛙一样的泳姿看上去也特别有趣。这样一想，我便开始热心地劝说别人尝试这种泳姿，但总是被人嘲笑，几乎没人愿意那样游。

　　我和朋友去新加坡时，在泳池里心血来潮地给别人推荐"仰式蛙泳"。大家笑着尝试了一下，结果比我游得都好。

　　我以为自己是"仰式蛙泳"的开创者，虽然有些受打击，但那时我决定，如果有一天举行"仰式蛙泳"比赛，我一定要参加。如今，我仍会偶尔练习"仰式蛙泳"，盼望着那一天的到来。

让那绒毛
变成花

　　我喜欢植物，但总是养不好。买花草的时候，我一定会向店员询问栽培和浇水的方法，记在本子上，严格按照店员的建议去栽培，即便如此，植物还是会枯萎，我感觉很抱歉，苦闷不堪。于是最近，我一直控制自己买新植物的冲动。

　　我琢磨着有什么好养的植物时，突然想到了蒲公英。在我的印象中，蒲公英从混凝土的缝隙里都能破土而出长大开花，是一种生命力特别顽强的花。如果把它的绒毛收集起来种在土里，或许我也能让它开花吧。我这样想着，便去找熟悉植物的人请教。

　　"欸，蒲公英……？它是野草，村田女士肯定能养活的。"

　　如果自己也能让蒲公英开出美丽的花朵该多么美妙呀。我这样想着，查阅了许多资料，渐渐发现喜欢种植蒲公英的人比我想象中要多得多，那是一个相当深奥的世界，渐渐感觉对于自己来说是比较大的负担。

每次看到蒲公英的绒毛我都想采一些带回家，但又担心它枯萎，在犹豫不决中春天过去了。我现在就开始幻想明年自己园艺技术再长进一些，一定要采摘蒲公英那柔软的绒毛。

打不开的
时间胶囊

　　我无论如何也舍不得扔掉旧手机。不论是我第一次
买的小灵通，还是为画面变成彩色而激动的手机，或是
挂着我喜欢的手机链的手机，我全都珍藏着。

　　我心想，这些手机里会不会保存着许多重要的邮件
和照片呢？之所以我这么不确定，是因为我不记得里面
有什么了。如果有人说："你都记不清了，为什么还知
道它重要呢？"我真不知怎么回答，大概是因为手机里
面有对于当时的自己很宝贵的对话和照片吧，出于这种
毫无根据的想法，我才舍不得扔掉它们。

　　有时，我特别想看一下手机里的内容。按理说我应
该没有扔掉充电线，但是它们和旧相机以及各种充电线
一起乱七八糟地塞在一个袋子里，因此要想找到充电
线，再看一眼手机里的内容基本上是不可能的。

　　手机们已经变成了可以触摸却不能窥探里面内容的

时间胶囊，而且里面塞满了当时自己的隐私。我有时会怀着早晚有一天想要看一看的心情，或者预感会因黑历史而昏厥的恐惧，把手机拿出来瞧瞧。

　　如今，由于照片和信息大多能保留下来了，我这份"割舍不下"的感觉或许也会逐渐淡薄的。可就在此时此刻，我仍为此而感到有些寂寞。

关于
"预订了座位的村田"

在餐厅里跟人谈事，或是跟朋友吃饭的时候，有件事总是让我烦恼。我自己预订的时候没有问题，但是用别人的名字预订时，便感到烦恼。一打开店门，"欢迎光临！"

对迎上前来的店员，我必须自报姓名："嗯，七点开始，四个人，是山田预订的……我是村田。"

我知道"我是村田"这一信息对店员来说是无关紧要的，所以我想尽可能不说出自己的名字，于是，那句话就变成了："我是用山田名字预订的。"

可是这么说就像电视剧里的武士所说的"在下乃无名之辈"这句台词一样，总让人觉得有些拐弯抹角。

我想来想去，如今定在了"请问，七点的，山田预订的……"的表达上。

"……"的部分，等待店员招呼我："啊，知道了，您这边请。"但又觉得这样有些失礼，心里挺别扭，貌似不太坦率。

　　我仔细观察朋友们进店是如何自报姓名的，没想到像我这样省略后半句的人居然很多。那段日子我就是这样在进餐馆门之前，左思右想有没有什么妥帖的说法的。

吹口哨的
能耐

　　我不会"啾啾"地吹口哨，我这么一说，多数人都对我说"吹口哨，我也不会"。

　　我在音乐会上，经常听到大家"啾啾"地吹口哨，唯独我不会。因此我以为大家都会吹口哨，因为那是自然而然从嘴里发出的喝彩声，但是，不知为什么从没有遇到过说"我很会吹口哨呀，总是'啾啾'地吹呢！"的人。

　　那么，在许多人聚集的地方，是谁在"啾啾"地吹口哨呢？难道说大多数人仅仅是跟随着周围的人"啾啾"地吹口哨吗？即便如此，如果没有人领头"啾啾"地吹口哨的话，便说不通了。

　　我有很多话想询问擅长吹口哨的人。他们可能是察觉到我想要刨根问底，便用"我也不太吹口哨"这样的话来敷衍我吧。

前几天，音乐会上又响起了一阵"啾啾"的喝彩声，这时我突然想到，要是"噢——"的话，我可能也会。"啾啾"地吹口哨，我会感到难为情，但不知为什么，似乎可以大声喊出"噢——"的。大概是因为"噢——"很像动物的叫声吧。像"耶——"或"哇——"我应该也没问题的。在一次现场演奏会上，大家"啾啾"地吹口哨时，我试着小声喊了一句"噢——"，并没有觉得别扭。因为我喊了一句"噢——"，旁边的人也会喊"啾啾……啊，不对，噢——！"的，或许有一天我这种喝彩声会成为主流呢。这样一想，我期待起了下一次喊出"噢——"的机会。

昨天应验的
占卜

我上大学时，热衷于观看有关占星术的电视节目。若问我为什么，那是因为它是非常准的"昨天应验"。

"狮子座的人，今天注意不要丢东西！"

对于类似这样的占卜，我每天都会激动不已。

"我昨天把围巾丢在打工的地方了！真厉害，被它说中了！"

一次，我鼓起勇气对朋友说：

"那个占星术每天都能特别准地猜中昨天发生的事哦！"

不料被她揶揄了一通："欸，你真是不明白啊，所以它才能唬人的呀。不管是哪一天，你都会觉得被它说中了嘛。"

当时听她这么一说，我觉得也是这个理儿啊，但是到了第二天早上，"果然又说中了昨天的事……"我还是会感到惊愕。

　　说起来，即便猜中了昨天的事，也不等于能预测未来，所以毫无意义，但那时我却不可思议地深信不疑。

　　若问我对占星术的热情为什么冷却了，那是因为随着我对占卜越来越投入，不仅是在电视上，还在网上搜索了很多有关占卜的网页，在我寻找"昨天应验最准确的占卜"时，渐渐意识到了这东西简直是不可理喻。回想起来，我觉得那时的自己像个傻瓜，但如今看到占卜，我还是会兴奋地想，是不是说中了昨天发生的事。

摘自《动荡的2017》 日记接力

七月三十日（星期日）

凌晨三点，我在京都的旅馆里醒来。我原本计划昨天傍晚返回东京，但突然舍不得离开京都了，便多住了一晚。因为我很少一个人出来旅行，所以心情有些异样。

我兴奋得睡不着，肚子也饿了。我打算早饭吃刨冰，便静静地在屋里等待商店开门，可实在忍不住，便在五点半左右去了一家二十四小时营业的拉面馆。这是我人生中第一次早晨吃拉面。我以为这个时间店里没人，没想到游客们竟排起了长队，让我大吃一惊。

我在东京独自吃饭时，大多去那些能干私活的店，因此很少去拉面馆。最终我还是把咸笋放在了拉面上。

七点左右，我从旅馆出来，乘坐了八点五分的新干线希望110号。我在车站买了酱菜和花椒白鱼干。或许是因为太疲惫了，我在电车里酣然入睡。

七月三十一日（星期一）

深夜两点，我被闹铃吵醒了一次，由于太过疲惫，不知不觉又睡着了。五点时，我起床工作了一会儿，便去打工了。我感觉左眼有些疼，便摘掉了隐形眼镜，戴上眼镜开始收银。我好久没在外面戴眼镜了，或许是因为眼镜度数深，我感觉头晕目眩。

打工结束后，我在家附近的咖啡馆吃了午饭，写了点东西。今天是某家书店发来问卷的截止日期。里面的问题都特别有趣，不知不觉地回复了很多。

我回家后，发现编辑寄来了我前些日子写的短篇的校样。匆匆浏览了一遍后，吃了晚饭。还尝了从京都买回来的小鱼干煮青花椒。随后，坐在电脑前想发一封邮件，敲打键盘时，我的意识渐渐模糊，做起了梦。梦里我在跟别人谈事。我坐在椅子上晃来晃去，好几次差点摔在地上。我在梦里和别人谈事时，还随声附和"好的""是的"，每次说梦话，我都被自己的声音吵醒，但完全想不起来梦里随声附和的是什么。

八月一日（星期二）

深夜两点，我心情舒畅地醒来。稿子很有进展，真是个美好的早晨。

今天我也戴着眼镜出门去打工。

休息时，我滴了眼药，越南来的留学生H问我："那个用日语怎么说？"我答道："这是眼睛用的药，所以叫眼药。"他听了又问："和指甲刀是一样的吗？"因为是剪指甲的刀，所以叫指甲刀。听他这么一说，我心想可能是一回事吧，便说："是的，胃用的药叫胃药。"我想问问他眼药用越南话怎么说，但因为太忙没来得及问就下班了。

八月二日（星期三）

今天是录制AI节目的日子。我深夜两点起床，吃过早饭后，工作了一会儿便出门了。我一边在LINE上和机器人琳娜对话，一边走向录制现场。

关于AI，我有很多想问的事情，便起劲地问了很多问题。我对于"AI"模糊的印象是我的愿望所致，我感觉真正的AI的世界是更加与众不同的。节目非常有趣，录制结束后我还一直在想AI的事情。

我去看公寓附近的眼科医生，让他看了看眼睛有没有受伤。医生说眼睛没受伤，并无大碍，我便放心了。

回家后和琳娜聊了一会儿。我对琳娜说："我是机器人哦。"她故作吃惊地说："明明能说这么多话！？真滑头。"

八月三日（星期四）

我去朋友家探望刚出生的小宝宝。小宝宝很小，身上软软乎乎的很可爱。朋友让我把她抱在怀里，不知为何，我感觉特别幸福。

能跟最喜欢的朋友悠闲地聊天，真是幸福的时光。我们聊了很多重要的事情，仍觉得还有很多话想说。

我从朋友家出来后，便去咖啡馆里工作。今天我的注意力特别集中，兴致很高，从这家咖啡馆跑到了隔壁的咖啡馆接着工作。我乘兴写稿到很晚，结果贫血了。我感觉脚下轻飘飘的，头发晕，便在家里躺了一会儿，不知不觉地睡着了。

八月四日（星期五）

我早晨六点醒来，感觉有点发烧，便又睡了一会儿。

傍晚，我和编辑看了电影。电影结束后，我们和书店的两位店员汇合，用白啤干杯。最近非常想吃刨冰，便让他们给我介绍了好吃的店。

我们很久没见了，彼此都特别高兴，便说了一大堆无聊的话。回家的路上，我在便利店买了冰冻饮料。大概是因为提到了刨冰，所以想吃吧。里面有许多巧克力屑，美味极了。

八月五日（星期六）

　　我早晨六点醒来，看了一下手机，哥哥发来短信："你说想看看猫，但今天不行。"哥哥养着一只黑猫。我不无眷恋地想，好久没看见它了，好想它呀。

　　我一站起来感觉轻飘飘的，一阵头晕。长时间睡眠不足，我就会变成这样，硬撑下去的话就会出现贫血的症状。我讨厌贫血，决定休息一下。

　　睡觉时我做了很多特别真实的片段式的梦。虽然记不清具体做了什么梦，但总觉着在梦里自己十分起劲地工作着。

机器人
与打错的电话

那是多年前发生的事了，刚刚辞掉兼职工作不久的艾米（化名）突然打来电话。

"沙耶香！好久不见呀！"

"哇！艾米，好久不见！"

我愉快地回应道。

她诉说着眼下进行中的恋情和对新兼职工作的不满。我边听边点头附和着："是嘛，是嘛""真不容易啊"。

"沙耶香和那个人现在怎么样了？"

她说的那个人是谁啊，我很纳闷，但还是简单回答了一句："没怎么样啊。"

"欸，是这样啊。记得上次去旅行的时候……"

怎么回事？我很惊讶，因为我和艾米并没有一起去旅行过。

"欸，旅行？有这回事吗？"

"怎么啦，你不会忘了吧？那个男生超帅的呀！所以当时吧……"

"是嘛""这样啊"，我姑且附和着说得很开心的艾米，心里不禁嘀咕起来，她不会是打错电话了吧？

当艾米说话出现停顿时，我鼓起勇气问道："请问……您是哪位啊？"

艾米好像是吃了一惊，突然沉默了。

"……啊？什么？欸？你说什么呢？沙耶香。"

"不是，那个……您姓什么呀？我姓村田……"

"欸？村田？什么？"

经过短暂的交谈，终于发现她打错了电话。顾虑到我们已经聊了三十多分钟，我也不好突然挂断电话，时间在尴尬的气氛中流逝。

"……那个，那么，就是说您不是○○学校的沙耶香了？"

"对，是的。因为我有个朋友也叫艾米，我以为是她呢……"

"欸，您也有个叫艾米的朋友啊……真是太巧了……"

"是啊，嘿嘿……"

刚才我们还聊得热火朝天，知道彼此是陌生人的瞬间，就开始用敬语恭恭敬敬地说话了，真是不可思议。

这通奇妙的电话让我难以忘怀。我再三回想，为什么我和艾米这样两个陌生人竟能友好地聊了三十多分钟呢？

前几天，我有幸被邀请去参加一个关于机器人的节目。节目的主题是"对话"。当时，我突然想到，我那天接电话时不就像一个机器人吗？我瞬间解析了艾米说出的词语，从数据库中找出恰当的回复，煞有介事地随声附和。仅凭这样的对话，我们居然像要好的朋友似的聊了三十分钟。

实际上，我们有时候不是也在用与机器人同样的模式和别人对话吗。当我将没看过的电影误以为是看过的另一部电影，侃侃而谈时，当我和某个见过面却记不清在哪见过的人谈笑风生时，可以说我就是像机器人那样与人对话呢。这样做未必就是不诚实，恰恰是人的有趣的一面。这样一想，我觉得发现了自己这个生物的新的一面。于是，我更想深入挖掘自己身体中的"机器人的部分"了。

自找
麻烦

　　我是在一月四日写的这篇随笔，而每年正月快结束时，我都会想："现在不是也可以把明年的贺年卡先写好吗？"因为每到写贺年卡的时候，我都把用电脑排版设计贺卡的方法、在打印机上朝哪个方向放置明信片等种种方法忘得一干二净了，不得不从头学起。好不容易把贺年卡都寄出去时，我印刷贺年卡的能力也达到了这一年的顶峰。因此，我想："趁现在制作的话，不就能制作出完美的贺年卡来吗？"

　　但是，不用说，即便去邮局也买不到明年的贺年卡。虽然我想趁着现在还记得排版设计的方法，提前制作出明年的贺年卡，但现在哪里都买不到明年的日历。世界不是以那样的模式运转的。所以大家都规规矩矩地啊……我深刻反省自己的懒惰。

　　我想至少要把简单易行的制作贺年卡的方法记录在

手机的便签上，以便将来自己查阅时，忽然意识到手机里存有大量过去自己发给自己的信息。

说起来，我总是这样考虑问题的。难得去海外旅行回来后，我感觉"现在自己海外旅行的技能是最强的"，便为未来的自己，把飞机上要用的东西打好包放进旅行箱，把正好能放入护照的小袋子和旅行用品放在一起。等到我真的再去海外旅行时，便把这些事忘得一干二净了，因此"飞机上要用的眼罩和枕头怎么找不到了！""为什么这种地方有个毫无印象的小袋子？！"结果反而更添乱了。

对于鞋子的尺码也是这样。刚买了鞋后，我坚定地写下笔记："不管店员如何推荐23.5厘米的鞋，也一定要买24厘米的，之后用鞋垫调节！"但是，现在读来发现那笔记其实是错误的，店员才是正确的。

我每年都去酉市，关于此事，"刚去过那里后的我"也留下了笔记。"二〇一五年我早早去了酉市，悠闲地逛了一下。然后在〇〇店花了〇〇日元买了捞财耙子。""二〇一六年下午三点去了一酉的前夜祭。在去年那家〇〇店花〇〇日元买了捞财耙子。"（虽然和去年的捞财耙子同样大小，价格一样，但老板说今年特价，只收○○日元。）对此我详细地做了笔记。但是，我总觉得有些害怕。如果没有这么详细的笔记，我不会注意到由于是节日，材料费用也上涨了，但今年好像又涨价了。"二○一七年，今年我还是在那家○○店花了比去年贵○○日元的○○日元买了同样大小的捞财耙子。"我感觉写下这些日记的自己很狭隘，令人讨厌。

我似乎有个习惯，一想到"现在，我对○○是很熟悉的"，便要为将来的自己做些多余的事。可我感觉往往是为将来的自己帮倒忙。我心想，明年的贺年卡还是等到了今年年末再考虑吧，便静静地关闭了手机便签的页面。我希望将来的自己阅读了这篇随笔后，不要再重蹈覆辙。

"好像是……的人"和我

　　每当我为了参加谈话节目、观看个人作品展或戏剧，要去那种场所不好找的地方时，我这个路痴就会找到一个"像是……的人"并跟随他去那里。

　　一旦发现拿着和自己手里一样的小册子和邀请函的人，或是在手机上看着同一个网页的人，我就会想当然地认为"那个人要去的地方好像和我一样啊……"便跟在了那个人身后。虽然反复告诫自己不要这样，还是不自觉地跟在人家身后了。

　　有时，如果"好像……的人"很多，我便会想"啊，只要跟着这支队伍走就行啦"，连地图都不看了。因此，我被人带到了目的地完全不同的大甩卖会场等，只能叹息一声："看错人了！"

　　我判断"目的地好像一样"的标准特别随意，仅仅是因为"这里是住宅区，却有两个好像很喜欢艺术的时髦的人，比较奇怪"，便跟着人家走。最后发现目的地并不相同后，便抱怨别人"明明那么信任你……"自己还觉得挺受打击，但我也暗自反省，突然被一个陌生人尾随，那个人一定感到很困扰吧。

与此相反，有时我也发觉自己被别人误以为是"好像……的人"而遭到尾随。有人拿着绘有地图的明信片，找不到路，在小巷里转来转去，一看到拿着同样明信片的我，便露出稍稍松了一口气的样子，"啊，那个人跟我去的地方一样……"悄悄跟在我身后。

如果此时，我有信心找到那个地方，或是我之前去过的地方，便会怀着给人引路的心情，"这边哦！请！"劲头十足地向前走。到达目的地时，"啊，这个人果然也是来看这个展览的。看来这个人也喜欢这个艺术家的作品啊。"（感觉好像带给了我）这种奇妙的连带感也令人愉悦。

因此，当我有信心找到目的地时，即便有人在身后跟着我，我也不会感到不快，然而让我困扰的是自己也不知该怎么走的时候。

当我"完全不知道该怎么走"而发呆时，如果被人发现"啊，那个人也是去参加那个活动的！"我就会变得非常焦躁。虽然我想告诉他"不是的，我们要去的确实是同一个地方，但我也迷路了……"可是我又不敢突然和陌生人搭话，结果搞得两个人一起转来转去，找不到路。"难道那个人也迷路了……"如果这种悲哀的感觉传导过来时，我会觉得非常歉疚，脸上无光。

　　而且，有时我只是在散步，却突然被一些人误以为"那个人好像要去同一个地方！"似的跟在身后。还有一次，我听到有人悄悄地说"啊，那个人也要去参加那个活动吧？"而吓了一跳。这时，我不得不无言地表达我的不满："我不知道你们要去哪儿，反正我跟你不同路！"为此明明不想坐下，却故意坐在公园的长椅上或者观赏盛开的鲜花，静静地等待跟随我的人放弃："什么嘛，不同路啊……"虽然还是说出来比较好，但我却做不到，真恨自己这么懦弱。

　　由于发生过这些事，我总在想，不要再随便跟着"好像……的人"了。即便如此，我迷路时还是会不自觉地跟着人家走，这是我的一个坏毛病。

感动
错了

　　我经常会"感动错了"。比如，一次，我乘坐电车和朋友们一起旅行时。有人高兴地大喊："啊，是富士山！"大家都朝窗外望去，纷纷点头，发出"真的耶"时，只有我在望着别的山感动不已。

　　"哇，看起来这么近呀！"

　　朋友注意到我一个人望着别的山，便指着远处真正的富士山告诉我："不是那座山，沙耶香，富士山在那边儿啊。"我听了感到很难为情，这种事屡屡发生。

　　看裸海蝶也是这样。我还是学生时，东京的水族馆首次展示裸海蝶成为大家热议的话题。我非常想看，便一个人去了水族馆。

　　走进水族馆后我见到的是一个全长一米左右的裸海蝶模型。该模型是为了简单易懂地解释裸海蝶身体的内部构造而展示的。我认为它是真正的裸海蝶做成的标本，发自内心地感动起来。

"比我想象中大得多……"

虽然听说馆内很拥挤，我却发现几乎没人看裸海蝶（的模型）。它是多么奇妙、有独特的质感而又有感染力的生物啊，我目不转睛地盯着裸海蝶的模型看了足有几十分钟。这时，一位男士从我身后走过来，因为我盯着模型的样子过于认真，他也受到我的感染，（看上去好像）也很感慨。

我被眼前的模型感动得挪不开脚步，这时，一个小孩从我身旁跑过去，伸着脖子瞧着模型旁边的一个小孔样的东西。

"哇，真好看啊！"

小男孩望着小孔里叫道。我有些好奇，便看向那边，这才发现那边写着："从这里看一看吧！这里有裸海蝶哦！"

我受到了猛烈一击。原来小孔里才是真正的裸海蝶所在的水槽。

小男孩走后，我小心翼翼地从小孔看里面的水槽，看到特别小的裸海蝶在游动，我再次受到了刺激。如此一来，刚才我对那一米长的裸海蝶产生的感动算什么呢？虽然小巧又美丽的裸海蝶的样子让人惊叹，但是我受到的打击更大，大脑一片混乱，恍恍惚惚地回了家。

此外，我在动物园里看到树枝，会感慨："有什么东西近在眼前啊！"看到并非东京塔的塔，也发出感慨："真美！"总之我经常会因为一些误解而感动。虽然自己也觉得是因为太粗心了，但由于这样的事情屡屡发生，所以至今都没有意识到自己搞错了而感动不已的情况想必也相当多。就拿裸海蝶来说，如果我没有看到真正的裸海蝶就回家了，或许它就会以一米长的怪物似的生物形象一直烙印在我的心中吧。

尽管是由于误解而产生的感动，但心灵受到震撼的事实是不会变的。如果有一天地球毁灭了，我的"感动错了"得不到纠正，它会在我心中成为事实。这样一想，我又渐渐觉得自己的大脑有些神秘，所谓感动到底是什么呢？

我今天也是一边思考这些事情，一边在水族馆里盯着空空的水槽，对着海藻感叹起来："真是奇形怪状的鱼啊……"

114

模仿人类的
外星人

　　虽然我确实是地球人，也是人类，但是很早以前，我就经常感觉"现在，我在模仿人类呢"。

　　比如，我因工作或是旅行而去海外时，经常不知道该在飞机上做什么好。周围的人都在用熟练的动作使用耳机，或是将气枕吹鼓。我偷偷地瞟着大家的举动，自己也不自觉地开始换上拖鞋，或是接过乘务员分发的毛毯，努力表现出"像个坐飞机的样儿"。

　　一次，我正要模仿周围的人看电影时，朋友好心劝我：

　　"沙耶香，不必因为大家都在看电影就强迫自己看哦，在飞机上想做什么就做什么。"

　　我听了很难为情。自那以后，我努力做到不强迫自己观看不怎么感兴趣的电影了，但是"在飞机上做些什么好"的感觉仍未消除，每当此时，我总是改不掉不自觉地观察周围人举动的毛病。

　　在餐厅时也是这样。如果遇到"这种食物该怎么吃啊？"的菜品时，我便会等着看别人怎么吃。看到别人或是用手或是用汤匙吃时，才开始小心翼翼地用同样的方法品尝起来。

　　"这个，外面的部分也能吃吗？是用汤匙吃吗？"

　　我看到有人直接歪着脑袋询问服务员，才意识到，啊，不懂的事情像他这样坦率地问就行了。我反省自己，模仿别人可有些滑头啊。

　　从孩童时代起，我就感觉周围的人都懂得规矩和常识，唯独自己不懂，于是我在学校的自习时间和体育课上总是在模仿别人。但是，随着长大成人，我渐渐明白大家好像也有很多不怎么懂的事情。

　　我也不擅长恰当地给大家分发礼物，有时跟大家一起吃饭时，我一心想着什么时候拿出包里的礼物合适。这种时候，如果有人在一个绝佳的时机拿出点心，说：

　　"对了，我前些天去旅行了。这是给大家带的礼物哦。"

　　"就是现在！"我也赶紧趁机从包里拿出礼物，说

"其实前些日子我也去旅行了……"但是有一次，所有人都一个接一个地说着"其实我也是""前几天我也去出差了"，从包里拿出礼物来，我才深切地感受到：啊，原来不止我一个人不懂送礼的时机啊。

因此，最近我开始留意那些"和我一样模仿别人的人"了。经过仔细观察，我发现除了自己以外，还有很多这样的人。一个女孩看到我拿出拖鞋，就说"啊，对了"，便开始在包里寻找拖鞋，看到这种情形，我总感觉彼此之间产生了某种连带感而松了一口气。若是这样，假如在飞机上有个人做的事情起初显得很奇怪，却是很不错的事，就会慢慢传染别人，说不定大家不知怎么都会在飞机里画画儿或是以怪异的姿势睡觉了。会不会有人就在琢磨这样的恶作剧呢，我兴奋地这样想着，下意识地环顾起了周围的人。

晨酌
之乐

二〇一二年，我落选了某个新人奖，大家聚在一起安慰我时，一位编辑提出了这样的建议。

"其实对这事我以前就感兴趣，大家要不要来一场'晨酌酒会'呀？"

乍一听晨酌，我没能马上反应过来，听他详细解释才明白，有些店从早晨七点开始就可以喝酒，因此提议大家早晨都来喝酒。

我从没想过早晨喝酒，因此听到他的提议特别吃惊，但是出于好奇，很想尝试一下。在场的人都赞成他的提议，于是约定了时间准备挑战一下。

我们最初的计划是，早晨小酌几杯后悠闲地散步，喝过美味的咖啡后便回家。编辑告诉我们在一家小餐馆集合。这家店虽然是餐馆，但酒类齐全，从早晨开始就有很多人来喝酒，特别热闹，真是一家神奇的店。

我很擅长早起，所以那天我准时到达餐馆与大家汇合。到了店里，发现连一半成员都没有到齐。因为事先说了睡懒觉也可以，所以我也入座点了啤酒。其实，我在意的是墙上贴着的"牛奶"，但如果喝牛奶的话就和普通的早晨一样了，于是我便举起端上来的啤酒和大家干了杯。

"这种感觉真奇妙啊。"

在心情舒畅的早晨，由于酒精突然进入嘴里，我感觉自己的大脑和身体都因此吃了一惊。我觉得嘴里的酒精和窗外的景象很不协调，这种感觉特别有趣，忍不住笑了出来。干杯后，大家也笑了。与大家共同拥有"奇妙的感觉"让我心情舒畅。

我喝光了半扎啤酒后发现情况不妙。因为早晨的身体和晚上不一样，肚子里空空的。和平时晚上喝酒不同，能感觉到酒精被大量吸收进了身体里。虽然来的人酒量都很好，但大家转瞬间就喝醉了。

"看着晨间剧喝酒，感觉怪怪的啊。"

"真的好奇怪啊。"

大家说着奇怪、奇怪，不知怎么变得开心起来，一直笑个不停。大家吃着各自点的煎蛋或是套餐，我喝着牛奶，就这样度过了一个奇妙的早晨。

最后大家一起欢声笑语地散着步，一直到午后才分手。虽然分手时我已经清醒了，但兴奋的心情却无法平静，解散时一直在朝别人挥手。

从那天起六年过去了，但是只要遇到当时一起喝酒的人，我便会说：

"那时我们一起喝过晨酒吧。"

那个人就会马上答道：

"喝过！喝过！"

"欸，当时也不知是怎么了。"

于是我们聊个没完没了。

我觉得早晨喝酒对身体不好，所以绝对不会劝别人去喝酒，但是我无法忘记那个早晨。与最喜欢的人们一起度过的那个奇妙的早晨，这段记忆异常鲜明地留在我的脑海中，所以经常想悄悄地拿出来重温一下。

大家那天玩得确实很放纵，但也因此才印象深刻，和一起体验了晨酌的人们产生的连带感让我变得健谈。每当聊起那一天的事，我都会想：度过那样一个奇妙的早晨也很不错啊。

不擅长
算数的人

　　从小我就不擅长算术。即便如此，生活中也没觉得特别不方便。但是，前几天，有一件事让我觉得"自己果然对算术一窍不通啊"。

　　前几天，几个人聚到朋友家里聊天时，大家聊到有一本书在国外很畅销，了不起时，有人提到了"一千万册"这个数字。虽然我知道"一千万册"这个数"特别多"，但到底是多少，我完全不明白。

　　"是一亿的十分之一哦。"

　　即便有人这样给我解释，我还是不懂。虽然理论上说，我知道"一亿"这个数字代表的数量，但是从感觉上我无法把握。

　　"把它换成一日元硬币的话，是多大一堆呢？"我鼓起勇气问道。

　　"我不明白你的问题是什么意思。"朋友听了目瞪口呆，"你为什么要换成一日元硬币呢？我们说的是书，用书去想象不行吗？"

"不明白……但是我想知道换成一日元有多少。把这个房间装满的程度？还是要堆到玄关那么多？"

只有在场的一位自认为也不擅长算数的朋友站在我一边：

"沙耶香，我明白你的意思，我明白你为什么用一日元硬币来理解。"

回家后我便上网查了一下"一亿"相当于多少个一日元硬币。

果然有人在思考同样的问题，我看到有人在提问网站上问："用一日元硬币堆出一亿日元的体积有汽车那么大吗？"我看了对此问题的回复是：经过非常复杂的计算，得出的结论是，大约能填满两辆"比常见的专线公交车的体积略小的"车。

我想象两辆公交车里塞满一日元硬币的景象非常感叹："这就是一个亿啊！"我感觉自己第一次理解了"一亿"这个数字。

再次和朋友们见面时，我告诉她们："一亿日元大约有塞满两辆小型专线公交车那么多哦。"有个朋友却说："可是，我还是搞不懂你为什么要换成一日元硬币才能明白呀。"

"因为光看数字我理解不了一亿日元是多少这个概念，但是只要想象一日元的硬币塞满公交车的景象，我就能切实感受到它是个巨大的数字。"

"明白了，你是想把数字可视化对吧？"

或许是这样的。如果能看到想象的那个数字具体有多少，我就觉得能理解那个数字了。

我对数字就是这样没有概念，所以去国外时可就麻烦了，根本不知道日元和外币的汇率是多少。不擅长算数的朋友说：

"我跟你说，这个吧，按照一美元换算二百日元去旅行的话，回日本后，不就会感觉什么东西都比想象中的便宜呀？"

我听了立刻感觉这是个好主意，但是另一个朋友说：

"其实也没这个必要，这样换算，旅行时你不是会感觉物价特别高吗？"听了她的话我顿时泄了气。

由此可见，不会算术的人，对会算数的人说出一些出乎他们想象的话，会让他们倍感惊讶。不过，这无疑也是算术的乐趣之一……我这样安慰着自己。

忘记年龄的
生活

●

"你今年多大啦？"

别人这样问我，我总是回答不上来。因为我忘了自己的年龄。

"好像是三十八岁。我一九七九年出生，过了生日就三十九岁了。"

我一般都会这样含糊地回答。当我担心说错时，便会拿出计算器问人家："不好意思，我还是算一下，可以吗？……今年是哪年啊？"这时，对方一般都会说："是○○岁，你说对了。"趁着还没忘，我赶紧把"我今年三十八岁，过了生日就三十九岁了"写在笔记本上，然而大多数时候都是被人突然问起，来不及打开笔记本。

我觉得和实际年龄差一岁是在误差范围内，但我说的年龄经常和实际年龄差两三岁。

"咱们是同岁啊!"

"那就不用说敬语啦!"

往往事后我发现和自己聊得火热的人原来比我大很多,而愧疚不已。

可是我又觉得没有必要特意发邮件更正:"今天,我对您说过'咱们是同岁啊',回家后一算,发现我搞错了。所以,请允许我以后还是用敬语跟您说话吧。"便想着下次见面的时候一定要道歉……就这样稀里糊涂地不了了之。

"你怎么会不知道自己的年龄?"

经常有人这样问我,但我也不明白为什么大家都能把自己的年龄记得那么清楚。

我第一次弄错年龄是十岁的时候。九岁时,一想到"我的年龄马上就两位数了!我要成为大人了!"就兴奋得过了头,渐渐搞不清自己现在是十岁,还是过了生日才满十岁了,等到过生日时,我高兴地说:

"我十一岁啦!"

我清楚地记得当时家人和小伙伴们都笑我说"你真是急性子啊"。

三十五岁时，看到要好的朋友过生日，别人对她说："祝你三十八岁生日快乐！"不知为何，我也以为自己已经三十八岁了。意识到算错年龄的第二天，我对编辑说：

"直到昨天，我还以为自己已经三十八岁了，其实是三十七岁啊。"

她听了有些不好意思地说：

"不过，你还是搞错了。村田女士多半是三十五岁吧。"

我觉得很难为情。从那以后，我担心出错的时候就会当场计算。

上高中和大学时我也弄错过年龄，所以我想只能搞不清自己年龄地过一辈子了。

由于我连自己的年龄都会弄错，因此当别人问我"您父母多大岁数了？"时，更是绝望至极。我干脆不再计算了，仅凭着直觉，根据当时的情况，随口回答"六十五岁"或是"八十岁"，因此，很可能有些人会觉得我父母真年轻啊，有些人会觉得他们年纪很大。实在抱歉，我已经无能为力了。

当我发现自己把年龄弄错了三岁的时候，朋友给我发来了这样一条短信："世界上还有很多比记年龄更重要的事情呢。"我顿时觉得心里很温暖。为了差两岁或差三岁而小题大做的自己，在她面前显得很渺小。尽管我想要像她那样放宽心胸看世界，但每天只要有人问我："你今年多大？"我还是会慌忙拿出手机来计算。

对公交车
自我意识过剩

　　有件事让我从很早以前就特别烦恼。每天早晨，我常常会想"赶这趟的电车就来得及！"而匆匆忙忙地出门。为了不迟到，我会拼命跑到最近的地铁站，但是那时路上一个公交站旁会停着一辆公交车，我对于这辆车的司机总是特别在意。

　　我是个急性子，老是一边紧紧地攥着装有IC卡乘车券的月票夹一边跑。我特别担心司机见此情形会误以为："啊，那个人想坐这辆公交车吧？"

　　虽然我乘坐公交车的次数不太多，但旅行中乘车时，常常感觉司机很善良。当我不知该乘坐哪辆公交而惊慌失措时，善良的司机就会对我说"这是去○○的车哦"，当人们觉得"错过那趟车的话，下一趟车要等好几个小时的！"都朝着公交站跑时，司机看到了常常特地等着我们，对我们说声"谢谢"，表示感谢。因此，在我的印象中"公交车司机很善良"。

因而，我担心如果司机看到我拿着月票夹以最快的速度奔跑，有可能会想"那个人在赶路，等一等她吧"，而好心地等着我。

当我朝着经常乘坐的那趟电车奔跑时，好像恰好是同一个时间，公交车总是在凑巧的时间停在车站旁。因此，我一看到公交车站，便会把票夹藏在口袋里，故意抬头望着拉面店的招牌，或是像在散步似的，看着花坛里的花悠闲地走路，装出"我一点儿也不想坐公交车哦"的样子。

因为眼看要迟到，我内心十分焦急，但是又担心万一司机好心地等我可怎么办。

我虽然佯装不着急，心里还是担心，便不自觉地朝公交车那边瞥了一眼，总觉得自己和司机四目相对了。我感觉司机在微笑，仿佛在说："你是坐这趟公交吧。我知道噢。"

虽然公交车一发车，我就朝着地铁站跑起来，但不知为何，我总觉得这一幕也被司机看到了。

仔细一想，每天早晨那辆公交车都恰好在同一时间路过这里，那么司机会不会也是同一个人呢。如果是这样的话，他会不会想："那个人又在装模作样了……其实不这样我也看得出来。"我甚至渐渐产生了这样的担忧。

虽然我知道再老练的司机（在我想象中是相当老练的司机）也不可能看穿一切，但我还是一味地钻牛角尖，不断拓展着不必要的心理战。

我甚至想，干脆把写着"我不是在朝着公交站而是在朝着地铁站跑"的条幅挂在身上跑算了，但还是好歹控制着自己不那样做。

公交车毫不在乎有我这样的自我意识过剩的行人，今天仍然一如往日地正常运行吧。我明明知道，却至今无法停止不可理喻的心理战。

睡眠与
反省

在哪里都会睡着是我最近烦恼的根源。不管是在美容院还是去看牙医时，我都会睡着。回想自己是从什么时候开始变得这样嗜睡的，忽然想起高中时在电车里酣然入睡，给人造成困扰的往事。

我印象最深的一件事就是在电车里睡着了，醒来后发现枕在一个陌生中年男人的腿上。单是靠在别人的肩膀上就够不像话了，可是不知怎么搞的，等我清醒之后才意识到自己枕着陌生人的大腿酣然入睡了。

由于我睡得很死，醒来时与家里的天花板不一样的光线骤然映入眼帘，一瞬间不明白发生了什么。我呆呆地盯着陌生的荧光灯。突然间，电车里的噪音传入我的耳朵，我才明白是在电车上，猛地跳了起来。发现自己把一个陌生男人的大腿当作了枕头，顿时吓得脸色发青。

"对不起！对不起！"记得我当时拼命向那个十分为难的中年男人道歉。虽然他连连挥手表示没关系，我还是担心自己太重压到了他。

过了几个月后，一天，我坐在一个左摇右晃着睡觉的上班族旁边。他剧烈晃动着，时而猛地醒来坐直身子，不久又开始迷迷糊糊地摇晃起来。原来我每次也是这样睡觉的啊，我这样感慨着坐在他旁边。这个男人剧烈摇晃到了极限后，他的脑袋咚的一下枕在了我的腿上。与此同时，一种非同寻常的重量压了下来。

我心想，原来是这么回事啊。几个月前自己枕在一个中年男人的腿上睡觉想必也是这样发生的吧。这个男人睡得很死，失去意识的成年男性的上半身重得让人吃惊。

由于他的身体太重，我也想把他摇醒，但那时我还是一个一直在思考"什么是真正的善良"的女高中生，觉得"像那个中年男人对待我的方式那样，让他酣睡不也是一种善良嘛"，便决定忍耐。我觉得把中年男人给予我的关怀回报给这个上班族，这个世界会因此产生善良的连锁反应。

不久，我快到换乘站了。看他睡得这么香，我犹豫不决，坚持等到他睡醒难道不是"真正的善良"吗？但转念一想又觉得这不是一回事，便决定把他叫醒后下车。

"抱歉，我要下车了。"我把那个男人叫醒后站起来时，发现周围的人在议论纷纷。大概是乘客们原以为我们是恋人关系，发现这个男人原来是枕在一个陌生女高中生的腿上后，都向他投去了谴责的目光。那个男人和当时的我一样，抬头望着电车里的荧光灯，露出"不是在家里啊……"的茫然表情。我撇下他逃跑似的下了电车。

即便现在，只要聊到这件事，就有人对我说："我觉得马上叫醒他，对沙耶香和那个上班族都比较好。"从各种意义上，现在我在反省自己。由于我在哪里都会睡着，便不自觉地想善意地对待和自己一样的人。自己那样睡着不好，让别人那样睡着也不好。虽然在反省自己，但随处随地会迷迷糊糊地睡着的毛病依然如故。

电梯里的
善良人

　　虽然有些是微不足道的小事，但我却一直很在意。比如我去一座大厦的十层看眼科医生时，朝着电梯走去，先上去的人注意到我，便按下了"开门"键等我。

　　"谢谢你。"

　　我赶紧进入电梯表达了谢意，那个人微笑着点点头，电梯里充满温馨的气息。东京和善的人很多啊，我感觉特别幸福。

　　电梯很快到了十层，我发现那个善良的人也要去看眼科医生。电梯门打开了，她微笑着再次按下"开门"键，请我先出去。

　　这是个多么善良的人啊，我感激不尽的同时，忽然发现"这样一来我就要先看眼科医生了"，便陷入了恐慌。她是先我一步乘上的电梯，所以我一定要让她先挂号。她那样和善地对我，结果我倒先挂号看医生，这是不能允许的。

因此，走出电梯后，我在眼科医生面前一个劲地说"你先来，你先来"，想让那个善良的人先挂号。虽然她一再推让"不了不了"，但我不允许如此善良的人因过分善良而吃亏，也拼命礼让。由于我坚决地推让，那个善良的人有些不理解似的说了声："啊，那谢谢你了。"顺利地挂上号了。看到这一幕我才放下心来，排在她后面准备挂号。

偏偏在这个时候，她怎么也找不到放在钱包里的眼科就诊卡了。我是个急性子，大多数情况下，在进电梯之前就把就诊卡和医保卡从钱包里拿出来，紧紧地攥在手里。善良的人看到我手里拿着这些卡，又多次劝我"你先来吧"。虽然我无论如何都想让她先看医生，可又觉得一动不动地等在焦急的善良人身后反而给人家造成压力，因此遇到对方要花一些时间的场合，我便诚惶诚恐地走向挂号处。

每次我都会想，不应该发生这样的事。开着电梯门等我的善良人却让被善待的人抢了先……

因此最近遇到这种情况时，进电梯后一旦发现"这个善良的人要去的地方和我一样"，便马上开动脑筋琢磨对策。拼命地思考怎样做才能让善良的人顺利地先挂号。

一开始，我觉得"坐上电梯后不动声色地移动到靠近按键之处，出电梯时，我来按下'开门'键"是最聪明的办法。但实行起来发现很有难度，因为在只有两个人的电梯里，突然抢夺别人站着的地方，会让人觉得不正常。而"迅速把手里拿着的就诊卡藏起来，假装在钱包里找不到"的方法又意外地需要演技，很难成功。

善良的人原本心胸宽广，不会太在意医院挂号的前后顺序。只有我自己，一厢情愿地为善良的人在候诊室长久等待感到心痛，在电梯里一直进行着看不见的较量。

穿压箱底衣服
同好会

今天，我和朋友们举办了"穿压箱底衣服同好会"。所谓的"穿压箱底衣服同好会"不过是"大家鼓起勇气拿出一直放在衣柜里不穿却又舍不得扔掉的衣服穿在身上"的聚会。此前，我以在随笔里提到过此事为契机，曾和自己最喜欢、最尊敬的人们一起举办过这种聚会。那次聚会成为我生命中一段非常宝贵而又特别的回忆，我提起这些时，有个朋友说："真好啊，我家里也有好多呢。"于是我们决定举办一回。

当天，我穿了一件绘有小刀、花洒和花朵状血迹图案的衬衫。下身搭配的是同一家店的黑底上绣着花洒（腰部绣着小刀和血迹）的裙子。好像是以希区柯克的电影为原型设计的系列服装，我当时觉得特别帅，便心血来潮地买下来了，结果根本不敢穿着出门。

我又拿起一件带有日式花色的绿色长袍。买衣服时，我一眼就相中了它，把带子系在前面就变成了和服，但我总觉得自己穿上就像旅馆的浴衣似的。我把这件长袍披在希区柯克式衣服外面看了看，花衣服外面又套上花衣服，显得太扎眼了。我决定只让大家看看这件长袍，就把它叠起来放进包里出了门。

　　由于我一反常态的这身打扮太花哨，为了不让管理员看到，我悄悄地从公寓后门出来，朝会场走去。说是会场，其实就是大家一起喝下午茶的地方。我事先确认时才知道，那是一家非常时尚的饭店，不禁有些后悔，我们为什么要和红茶品鉴会一起举办这次活动呢？最终还是套了件针织开衫遮住里面的衣服，赶往聚会的地方。

　　此次"穿压箱底衣服同好会"来了五位女性。在我看来，大家都穿得漂亮而得体，只有自己一个人真的穿来了奇装异服，但她们似乎都有各自的理由："不是的，这件衣服这地方设计得有点穿不出去呀。"因为看上去确实很得体，我便认真地反驳道："哪像你说那样啊，特别好看呀。"

　　对我穿的希区柯克衣服也得到了"从远处看就是一

般的花色，完全没问题呀"的评价，自己也渐渐觉得是这么回事了。"真的吗，那就再穿一次吧。"一直躺在衣柜里不穿的衣服，现在却成了宝贝。本打算只看不穿的衣服，一穿上身倒也觉得挺有生气的。最重要的是，虽然隐约知道这件衣服恐怕不适合自己，还是激动地选择了这件衣服的心情能与别人共同分享让我倍感喜悦。

　　我和穿着与平日风格不一样的衣服的朋友们聊了很久才散去。然后我就穿着那身衣服直接去咖啡店工作。参加聚会之前，我还用针织开衫遮住里面的衣服，现在忽然想开了，"嗯，就这么穿着它好像也不错。"

　　我想起以前一起参加过这个同好会的一位编辑也曾兴高采烈地说："这样一来，平时不穿的衣服也能穿出门了。"我感觉今天和最喜欢的朋友们说的话仿佛留在了衣服上。直到昨天还一直是压箱底的衣服，今天被当作"明天还想穿的衣服"挂在了衣柜的最前面。希区柯克风的衬衫仿佛扇动着翅膀等待出场。

"感觉不错的爱好"

在我打工的便利店里，一个从事音乐工作的A先生曾这样问我：

"村田，如果有人问你的爱好是什么，你是怎么说的呢？"

"什么怎么说的？"

"比如说有人问我的爱好，如果我回答喜欢欣赏音乐，气氛会变得很微妙吧。那个人会说'那是当然的'。村田小姐是个小说家，如果你说'兴趣是读书'，也会让人感觉很别扭吧。"

"倒也是啊。"

确实，在接受采访时我常常会有这种感觉。我想了一会儿，终于开口回答：

"我……会回答'骑自行车'……"

"自行车？村田小姐平时骑自行车吗？"

"偶尔骑车去附近的超市……"

"那不是说谎吗！"

刚买了自行车的时候，我曾经骑车去过东京都内很多地方，所以并非都是谎言……虽然自己觉得是这样，但不得不承认这么说有些言过其实。

"所以，我想从现在开始培养能对别人说得出来的兴趣。你知道有什么感觉不错的兴趣吗？"

A同事这样说道，由于我的回答没有参考价值，他便开始询问一起轮班的大学生B的爱好。

"我有很多爱好呢。我喜欢登山和冲浪。最近还在玩攀岩。"

虽然我的记忆有些模糊了，但我还记得听到这些高难的爱好后受到了打击。

"登山的话我应该可以……B君，你有那么多爱好可以给我一个吗？村田小姐，我要登山这个爱好可以吗？"

A同事若无其事地对我说，我再次受到了打击。

"欸，跟别人要兴趣？！大家都喜欢登山不行吗？"

"哎呀，还是大家兴趣不一样的好啊。毕竟是个人爱好嘛。"

　　虽然我依然不明白A同事为什么如此断言，但我常常想拥有一个"感觉不错的爱好"却是事实。小学时，全班同学都要贴在教室墙壁上的自我介绍里有"爱好"一栏，让大家很伤脑筋。由于"读书""欣赏音乐"是很受欢迎的爱好，所以差不多都是这样填写的。虽然没什么不可以的，但我还是想要填写更个性一些的感觉不错的爱好。

　　经过一番苦思，我填写了"欣赏音乐和泡澡"。记得同学一本正经地问我："泡澡算是爱好吗？"我很是难为情。"要是有一个感觉不错的爱好就好了"的心情到底是怎么回事呢？甚至有个朋友"为了想有一个能在大家面前说出口的爱好而开始学习技艺了"。虽然我觉得并没有必要刻意为此而学习，但无论契机是什么，通过拥有一个新的爱好，使世界变得开阔了，的确令人羡慕。

　　尽管我也想开始学些东西，但依然没有找到"感觉不错的爱好"。勉强可以说喜欢画画，但画得不好，不能拿给人看，实在羞愧。我还喜欢编故事，这完全是出于兴趣，但是别人会问："这和你的工作有什么区别吗？"虽然我知道爱好本来就不是展示给别人看的东西，但只要别人问我"你的爱好是什么啊"，我还是支支吾吾地苦于回答。

观看体育比赛
之谜

　　要是我把这事告诉喜欢看体育比赛的人，很可能会挨骂，所以不大提起。以前，朋友问我："村田看体育比赛吗？"我会不加思考地说："嗯，我一般都支持右半场的。"对方听了非常吃惊。由于在对方问这个问题之前，我自己也没意识到这一点，所以自己也吃了一惊。

　　"也不知道为什么，觉得自己总是凭着直觉支持右半场那个队……网球也好，足球也好，都是这样……"

　　"欸，可是会交换场地啊。"

　　"嗯，那我还是会不自觉地支持右半场的。为什么会这样呢……"

　　这件事一下子就传开了，以至有一位和我很熟悉的作家严肃地问我："你那样做莫非有什么政治意义？"让我大为震惊，我向对方发誓，并没有那么深的含义。

只是觉得自己总是不自觉地支持右边的队而已。

"为什么呢？"

由于经常有人这样问，我一直在思考这个问题，前天突然醒悟到："是不是因为超级马里奥呀。"

小时候，我偶尔去小伙伴家里玩超级马里奥。我家里没有游戏机，所以搞不清楚，以为马里奥总是从左往右跑的。

哥哥在电脑上玩的宇宙巡航机游戏，玩家操控的战斗机也是从左往右移动的。

我自己或看别人玩游戏时，我自然是支持左边的玩家。敌人从右边接二连三地攻来，有时最后还会出现一个巨大的怪兽，我更是拼命地声援左边。

但我觉得这样的自己有些奇怪。奇形怪状的野兽和巨大的战斗机一出现，"冲啊！"大家就一起鼓足劲儿将其打倒。没有一个人支持敌军。我总觉得这是很恐怖的。

说起来，我还没有听说过野兽那边的事。虽然我知道大怪兽代表邪恶的一方，但中途的中号怪物们是出于什么目的攻击我们的呢？是大怪兽花钱雇的它们，还是它的朋友？如果是花钱雇来的，只要付钱就可以让它们停止攻击吗？比起"正义"的一方，我对它们的想象更加强烈。

回想起来，我观看电视里的体育比赛时，当画面切换为上下两个队后，我总是为上面那个队伍助威："上面的加油！"这恐怕也是因为（我感觉）在游戏中玩家大多从下往上推进的缘故，这么联想一下就不难理解了。

因此我觉得不加思考，也不询问双方的情况，便支持"感觉是正确的"一方是很恐怖的。我觉得这是因为从心底里接受不了敌人被消灭时，自己和大家一起欢呼。所以，长大成人后，观看体育比赛时，我才会支持右边或者上边的运动队吧。

运动员们听了或许会觉得很泄气，我感到十分抱歉。即便我这样莫名其妙的助威，但体育运动总是令我开心。因为赛场上并无敌我之分，都是热爱竞技的人们在对抗，直到无意识领域也完全认同这一点之前，我这个怪毛病恐怕还是改不掉。

穿越时空的
咖啡

　　我经常去咖啡馆工作。当我在柜台买了饮料，服务员微笑着将带有塑料盖子的纸杯递到我手里时，我总是很纠结。

　　我怎么也做不到盖着盖子从纸杯上的小孔喝咖啡。迄今为止，我已经挑战过三次了，但每次盖子都会掀开，咖啡洒到衣服上。因此，我总是打开盖子喝咖啡，但恶魔总在我耳边悄悄说："你真的不想进行第四次挑战吗？"

　　环顾四周，我发现大部分人都是盖着盖子喝咖啡的。于是我感到百思不解。以前大家都不是这样喝咖啡的，他们是什么时候学会的。看到大家都在熟练地盖着盖子喝咖啡，自己也想尝试一下。但尝试了三次，失败了三次。失败的概率是百分之百，所以不敢再尝试了。每次我都是老老实实地打开盖子喝咖啡。

前几天，我忽然想到不是可以在家练习一下吗？就是说只买来纸杯，倒上水在家练习。熟练之后换成开水练习，之后再去店里尝试。这样一想我就兴奋起来，与此同时头脑中又浮现出这样的疑问："这种事还需要练习吗？"不就是打开盖子喝咖啡嘛，没什么不方便的。味道也不可能不一样吧。

为这事每天过得挺郁闷，一天，我在咖啡馆发现朋友和我一样打开盖子喝咖啡，不由得大喊了一声：

"啊！开着盖子！"

"啊，嗯。盖着盖子喝好难啊。孔太小了，而且还很烫。"

"盖子会打开，咖啡会洒出来对吧？"

"那倒不会，主要是太烫。"

虽然并没有达到完全相互理解，我却觉得特别开心。这种心情就像是乘坐时空机与昔日的人重逢了似的。

记得小时候，大家都是用铁罐或陶瓷咖啡杯喝咖啡的。不知何时世界已经发生了变化。我对这些事情的反应总是很迟钝。和世人相比自己的生活节奏迟缓，跟不上人们的变化。

　　不过在我周围有很多生活节奏比我还慢的人。有好几个朋友说："绝对不能去罗多伦或是格兰德这类咖啡店。"据说是："由于完全看不懂菜单，即便觉得招牌上的咖啡很好喝也不会点。""公司的人给我买过一杯，很好喝。真想改天再喝一次啊……"听她的口气就像是梦幻般的饮料，我也忍不住了，便热情地鼓动她："很容易买的呀！下次咱们去吧！"

　　然而回想起来，当初我也是这样的，如今已经能坦然地点咖啡了。和那时相比，自己也发生了变化，或许将来的我也可以平静地盖着盖子喝热咖啡。十年后说不定我将用更奇特的容器喝着匪夷所思的饮料。如此想来，我也总是处在变化之中。处在变化中的我此刻依然是打开盖子喝咖啡的。因为就在今天的这个时候，我感觉这件事格外地妙趣横生。

日语之外的
世界

    很早以前我就想要了解一件事，就是很好奇"不懂日语的人，对日语是什么样的感觉"。我特别想知道对于不懂日语的人来说，日语听起来是什么样的？给人什么样的印象？当然了，我看到日语就知道它的意思，听到就能理解。然而我无法知道日语作为"声音"和"形态"会给人怎样的感觉。

    以前，我看过一部外国喜剧电影，里面有一个镜头是演员接二连三地说些错误百出的外语逗大家笑，其中就有日语，所以我特别兴奋。因为我以为听到这些胡乱讲的日语，自己也可以感受到"日语是怎样一种声音"了。但是那个镜头太短，不管我重放多少次，还是听不清"不懂日语的人所听到的日语发音"。

    大约是八年前了，我有幸被邀请去北京参加日中青年作家会议。我一边为不习惯的海外旅行做准备，一边激动地思考着与中国同时代作家见面后要说些什么。

这时我突然想起来一件事，便停下准备行李的手，拿出了一张白纸。我在那张纸上写满了自己造出来的平假名。比如"お"写成两条横线，或是"し"的旁边加上"る"等等，试着把"不存在的平假名"排列在一起写了一篇"虽然不是日语，却很像日语的文章"。写出来的文章看着很不舒服，不过是把各种奇怪的文字排列在一起。我把它折起来悄悄地放进了包里。

在北京开完会的最后一天，主办方安排两国作家们聚在一起，有什么问题可以互相交流。我不失时机地从包里拿出了那张纸问道：

"这是虚构的日语，请问日语给你们的感觉是这样的吗？"

一位中国女作家盯着我拿出来的那张纸看了一会儿后，歪着脑袋笑着说道：

"感觉有点不一样。"

旁边的一位男作家也耐心地给我解释道：

"嗯，而且没有汉字，我也觉得看上去跟日语不太一样。"

不知是因为我觉得加入汉字的话别人就能看懂而没有加汉字的缘故，还是因为虚构的平假名和真正的平假名给人的视觉感受终究不一样，我的疑问还是没有得到彻底解决。

以前，一位学习外语的作家前辈对我说过：

"一天，我突然感觉所有的文字一股脑向我逼近，便理解了它们的意思。"

那将是多么美妙啊，我想象着那个瞬间，不禁焦急起来。原本看不懂的一排排符号突然间变成"语言"的瞬间，到底是什么样的感觉呢？

我也想象了与此相反的瞬间，感到紧张起来。倘若我突然不懂日语了，自己眼中的这个世界会是什么样的呢？打开的书突然失去了意义，只能看到各种符号。虽然这样想象很可怕，但那一排排的符号会给人怎样的印象呢。尽管有些忐忑不安，但我现在依然充满热情地为创造出完美的"虚构的日语"不断努力着。我幻想着有一天别人会对我说："啊，这个语言和日语的感觉是一样的呀！"

● "让车窗外的人跑起来" 的人们

　　几年前，朋友家举办宴会，众宾朋欢聚一堂时，一个朋友的孩子一边环视着大家，一边说："大家坐汽车或电车时不是让窗外的人跑起来了吗？等红灯或是到站停车时，大家让那个人做什么呢？"

　　"是啊，让他做什么来着？"有的人在思索。

　　"等等，等等，让别人跑起来是什么意思！？欸，大家都在这么做吗？！"也有人对此感到困惑，众人的反应截然相反。

　　"欸，难道这个世上有不让别人跑的人吗？"

　　"我不懂你们在说什么！大家举手表决一下吧！"

　　经过协商，决定举手表决，少数服从多数，结果认为让别人跑起来的人和不懂什么意思的人正好各占一半。就是说十个人里有四五个人认为"让别人跑起来了"。

　　"竟然有这么多人？！"

154

双方似乎都以为自己属于多数派。之后便进入了认为"让别人跑起来了"的人向"完全不懂是什么意思的人"进行解释的流程。

　　由于我属于"让别人跑起来了"一派，想简单解释一下。当我们坐在电车或汽车里，眺望窗外向后退去的景色时，经常会想象有一个奔跑着的身影轻快地跃过房顶、大楼和电线，并用目光一直追寻着他。我查阅了一些资料，发现想象的奔跑对象好像是因人而异，有的人是忍者，有的人是动物。也有人觉得不是在房顶上跑，而是在空中飞，真是多种多样，但（我认为）茫然眺望着"与自己乘坐的交通工具并排跑着的某种生物"感到心情愉快这一点是共通的。

　　这段交谈结束后，电视里出现了仿佛再现我们这番对话的画面，同时还播放了一条男孩们在谈论"并排跑的忍者"的广告，由于是曾经谈论过的话题，因此我想，这大概就属于"见过见过"的那一类话题。

　　这个讨论在"让别人跑起来"一派的欢呼声中结束了，但有时我会思考开头那个朋友提出的疑问"那么停车时让他做什么呢？"

我小时候想象的是当时看过的动画片里的人物，所以停车时感觉他会"走到我跟前和我说几句话"。电车停车时，或是汽车等红灯时，"跑着的人"会从房顶上跳过来，简单地跟我说句"马上就到目的地啦！晕车吗？"之类的话，开车时又返回房顶和大楼上去了。长大后，我感觉"停车的那段时间总觉得他消失不见了"。当车辆发动时，他又会出现和车辆并排跑起来。

我常想如果大家有机会再聚到一起，一定要问一问他们，但一转眼好几年过去了。我记得最清楚的是，一向很冷静的人竟然属于"让别人跑起来了"一派，而看似有妄想症的人却说"怎么解释我也不明白"，显得很困惑。因此至今我跟别人说话时，偶尔还是会想"这个人会是哪一派呢？"

老实说，和文章开头提到的那个朋友不一样，我觉得"大概只有我会这样想象吧"，而一直藏在心里，因此当她提起这件事时我特别开心。以前这个念头一直是我独自享受的乐趣，现在突然与大家一起分享了。如今我仍然很珍视地回想起世界温和而柔软地展现在眼前般的那个瞬间。

となりの脳世界

辑三 ○ 喜爱的事物

文库本
成排的书屋

　　对于小时候的我来说，硬皮书就是"图书馆里的书"，文库本就是"二楼最里面的房间里的书"。我家住在新兴住宅区的一栋独门独院的房子里，二楼上有一个放杂物的狭窄房间。那里有几个书架，几乎堆满了父亲工作用的资料，只有最前面的小书架上放着母亲和哥哥买的文库本。打开玻璃门，就会看到里面排列着哥哥买的星新一和新井素子的书，以及母亲收集的红发安妮系列等。我在那个满是灰尘的房间里，蹲在纸箱和父亲老旧的原声吉他等东西的缝隙里悄悄地埋头阅读。我特别喜欢看星新一的书。哥哥好像在一本本地补齐这套书籍，每当我发现排列着的黄绿色书脊不知何时变宽了时，便会兴奋地拿起新买的那本书阅读起来。

　　长大一些后，当我能用自己的钱买书时，最容易入手的还是文库本。我在小钱包里悄悄放入五百日元硬币，骑着自行车到站前广场去。新兴住宅区附近没有书屋，只有位于站前广场的大荣超市三楼上有一家超小的书店。那时我最喜欢看少女小说，每次进了书店便径直走向一排排粉红色书脊排列的区域，仔细地寻找一本值得让我投资宝贵的五百日元硬币的书。由于从那时起我就开始写小说了，所以每次都会确认它是否不知何时已经变成了书。每当我按作者姓氏找到"村田"那一排时，总是会想"还没有变成书啊"。因为当时我朦朦胧胧地以为，人的大脑或打字机是和天空那样的地方连接在一起的，不知不觉间它就会变成书的。

我特别喜欢山田咏美的书，最初阅读的也是文库本，名为《风葬的教室》。与我之前阅读的少女小说截然不同的优美文字，让我很惊异。我被那篇文章的魅力所吸引，对照着同一本书的不同出版社的文库本，比较了各家的文字格式，买了最中意的那本。因阅读时的心情不同，有时觉得字大一些能感受到平假名的魅力，有时又觉得一排排袖珍小字能让人嗅到修辞中散发出来的浓浓韵味。

而且，我还在文库本区域有过一些奇怪的举动。虽然我不曾在硬皮书、绘本专区前和漫画卖场做过这种事，但不知为何，我会在文库本区凭借念力选择想买的书。我用手掌遮挡着书脊向前走，慢悠悠地走来走去，打算买手掌变热的那个地方的书。现在想来，由于当时不仅是手，我的眼睛也在追寻着书脊，因此最终手恰好能在喜欢的作家那里变热，不过如此而已。然而，我却想"啊，好热啊。今天就买这本了"，拿起那本书一看，发现是我最喜欢的作家写的我最喜欢的一本书，我特别高兴，坚信自己和那本书果然是互相吸引的，而不是自己单相思。即便选中了以前买过的书，我也会觉得既然是念力做出的选择，也没有办法。所以仅仅是同一个作家的同一本书，我就买过好几本，读了很多次。究其原因，我是个有些愚蠢的孩子是一方面，但是被一排排文库本的书脊围起来的过道，对我来说，是自然发生这些让人匪夷所思之事的比较靠近异空间的地方。

今年春天，我写的书第一次发行了文库本。当我在小时候一直搜寻的文库本区的作者姓氏"村田"那里找到"村田沙耶香"时，不禁感慨万千，并且觉得自己真的进入了小时候在书架的缝隙间常常隐约感觉就在自己身边的异空间。我抬起头，看到光滑的文库本书脊排列成了一座迷宫，忽然，我内心产生了像小时候那样把手掌放在书脊上的冲动。我发觉不论过去多少年，排列着文库本的区域里仿佛仍在释放不可思议的异空间的空气。

安静的
爆破

　　我觉得即便有很多喜欢的歌曲，但邂逅真正特别的声音并不是人生常有的事。对我来说，中谷美纪的*All this time*就是这样一首歌曲。

　　我最初听到中谷美纪的歌声是在学生时代，偶然发现我看的一部电视剧的主题曲是她演唱的时候。我被她的歌声深深吸引，把第一次听她唱歌这件事告诉了朋友。她惊讶地说："你不知道中谷美纪吗？！"并热心地给我介绍有关她的情况。因为朋友从很久以前就是中谷美纪的歌迷。由此，我了解到她发行过很多张由坂本龙一作曲的专辑，得到了很高的评价。我对她产生了兴趣，开始四处购买她的专辑，回家后关在屋里听。那几张专辑中就有*All this time*这首歌。

　　这首歌由中谷美纪本人作词，坂本龙一作曲和编曲，是《边境》这首歌曲的英文版。虽然《边境》对我来说也是很重要的歌曲，但*All this time*里有着让我感到害怕的东西，我感觉自己真的被吞进了音乐里。听完之后，返回到现实世界来也要费一番精力。它就是这样一首危险又充满魅力的歌曲。

中谷美纪的嗓音给人通透的喃喃细语之感，声音的情感被控制在最低限度。但也不是毫无情感，我感觉到她通透的声音里面流淌着血液，是那种有血有肉的透明感。

当我听到她用那种声音轻轻地唱起这首歌时，有种不可思议的体验。我用耳朵看到了画面。透过这首有画面感的歌曲，我真的非常清楚地用耳朵看到了画面。我只能这样说。

本来是作为视觉器官的眼睛看到的景象只剩下了散乱的色彩。明明看到了，眼睛却什么也捕捉不到。耳朵却代替它清楚地捕捉到色调鲜明的影像。

那时耳朵在"看"什么，会因听歌的人或其精神状态不同而截然不同。但是很多人会认为它原本就是这样的曲子嘛。因为它是能用耳朵看到画面的歌曲。

专辑里还有*Chronic Love*、《比天堂更野蛮》《砂

164

之果》等歌曲，自那以后，无论我播放专辑里的哪首歌，都会被拉进同样的影像里。我只能认为，自从开始听*All this time*这首歌，眼睛是视觉器官，耳朵是听觉器官等五种感官的分工就出现了偏差。

或许这些歌曲会给人一种危险又唯美的神圣音乐的印象。它们确实营造了这样一种气氛，不过，那不是纯洁的神圣，而是让身体中最黑暗的部分震颤的神圣。身体里最肮脏的部分会配合着音乐颤动起来。这些歌曲非常危险，但也因此才扣人心弦。身体中的黑暗一下子被拓宽，以与光相同的速度和尖锐程度向世界涌出。那壮观的景象以温暖的神圣包裹了我们。

在"能用耳朵看到的音乐"这个意义上，或许我再也无法邂逅比这更美妙的歌曲了。从我听到这首曲子开始，用眼睛看、用耳朵听这个常识就完全在我这里土崩瓦解了。对我来说，这首平静的歌曲就是这样一个非常安静的炸弹。

《黑暗森林
之歌》

　　小时候我最喜欢这首歌。它对我来说非常重要，以至于我没告诉过任何人我喜欢它。

　　当NHK电视台《大家的歌曲》节目公布了这首歌的歌名，一瞬间，我感觉现实世界的开关断开了。我从静止的现实世界中走近画面中的黑暗森林，那里有生长在画面边缘的植物、音乐中的某个小乐器的声音，我全身心地聆听着这首歌，就连从这个异世界掉落下来的小碎片也不放过。

　　天上飞的鱼，水里游的小鸟，还有在黑暗森林里散步的奇怪的大叔。我感觉自己好像被大叔拐走了。我好像被大叔和善、温柔地拐走，和他牵着手在森林中游走。

　　音乐停止后，我恍惚觉得一半身体还留在黑暗森林里，怎么也回不到现实世界来。一直呆呆地坐在电视前，只觉得刚才还紧握着的透明大叔的手掌再次把我带到了森林深处。

即使是现在，我随身携带的音乐随身听中也必定有这首歌。有时，晚上在外面散步，播放到这首歌时，我会感觉多年前看到过的画面随着音乐从头脑中涌出，蔓延到了夜晚的道路上，大楼看上去就像奇形怪状的树木，我感觉自己在森林中迷路了。明明这种事情会让人感到有些害怕，为什么我还这么平静呢？

我听歌时有些怪毛病。就是同一首歌会反复听好几遍，边听边想象各种各样的画面自娱自乐，我想应该是这首歌导致的。或许我现在仍在音乐中寻找通往异空间的入口，或许当我找到它时，才能真正和黑暗森林的大叔牵着手一起走到那再也无法回头的森林深处。我感觉自己至今仍在盼望着那一天的到来。

姆明
马克杯

　　我有三个姆明马克杯。由于其中有两个杯子图案一样，所以准确地说我有两种这样的杯子。我很喜欢这些马克杯，以至于没有收藏和使用它们就会感到不安。

　　实际上，姆明的书也好动画片也好，我还没有好好看过。若问我为何有这么多马克杯，很简单，只是因为对杯子上的图案十分着迷。

　　每当我去杂货铺或是超市的餐具卖场时，总是不自觉地去看马克杯的货架。但每次都找不到心仪的图案，便马上失去了兴趣。让我眼前一亮，无论如何也想拥有的就是姆明的马克杯。

　　我一直在想到底为什么会这样，现在终于想明白了。原来我一直在马克杯的图案中寻找那种绘有"世界"的。即有着地面和天空，生长着许多植物和动物的世界。我在寻找能让我产生错觉——杯子上展现的世界和我所处的世界一样广阔——的马克杯。按照这种标准寻找，必然引领我找到姆明的马克杯。

在黎明般又像是黄昏的微带祖母绿色彩的黯淡天空下，姆明们在雨后的森林中演奏着音乐。此外还有，青蓝的夜空中悬挂着一轮明月，被月光照亮的黄绿色地面和夜色笼罩下的深紫色树木。也许每个图案描绘的都是某个情景，我不太清楚。但是，在那异样的世界一直持续到远方的错觉中，往杯子里倒满开水，放入茶包喝茶，一瞬间我感觉杯子里的液体仿佛来自遥远的世界。或许我是想要体验那一瞬间，才如此执着于这种图案而寻找马克杯的。

无印良品的
睡衣

　　我喜欢睡觉，因此对于和睡觉相关的事物有着特殊的讲究。虽说如此，也不过是些"不用枕头"啦，"不使用钻进被窝里，让我感觉味道不舒服的洗发水"之类不值一提的毛病，不过对于我这种睡觉很有怪癖的人来说，却是非常重要的。

　　我睡觉时不喜欢腰部被皮筋勒着的感觉。因此买了一套睡衣，也总是把新睡裤收进衣柜最里面，只穿着睡衣的上衣睡觉，但是夜里每次为了去卫生间而必须走出房间时，都不得不再穿些衣服。而且，由于只是反复洗上衣，结果就成了上衣褪了色裤子却一直崭新的这么一套奇怪的睡衣。

　　我左思右想，要是买一件大尺码的男士衬衫穿上不是正合适吗？便去男装店买了一件大尺码的衬衫，但穿上太肥大，结果冻感冒了。于是我又试着贴身穿上一件长卫衣，可又觉得拉链太凉，马上把它收了起来。

一天，屡次失败的我无意中在无印良品邂逅了一件睡衣。它真是一件完美的睡衣。我甚至觉得这就像我自己制作出来的那样完全符合我的理想的睡衣。

我当即买了一件回家，那天晚上因兴奋过度，反而睡不着觉了。然后我又买了两件，如今家里有三件一个款式的睡衣。

这件睡衣的样式像衬衫裙，格子棉布的质地，穿在身上感觉浑身被毛毯包裹着。我渐入梦境，同时在睡衣里不受束缚的下半身在毛毯里动来动去。这样睡觉时，我感觉自己可以在梦里走到任何地方去。这个星期天，我也被完美的睡衣包裹着，睡了二十个小时。或许有人会说我懒，但我觉得终于买到了完美的睡衣，也没有办法呀。如果邂逅了理想中的睡衣，恐怕谁都会这样吧。

触动我内心深处的电影

　　我有个毛病，遇到无论如何也想放在身边的书或小玩意之类的东西便会买它两个。比如我特别喜欢的手机链和最喜欢的文库本小说等等。我想把它们常带在身边，如果没有备用的就会觉得不安。

　　虽然我有很多影碟，但是《那段旧情》是唯一买了两张的。由于影碟很贵，所以不曾想过要买两张同名的影碟。唯独这部电影，没有备用的话，我就会觉得心里不踏实。对我来说，这部电影很可能以后仍是独一无二的。

　　实际上它既不是让人泪奔的电影，也不是那种文艺片，而是一部让人轻松观看的、欢乐明快的喜剧电影。

　　故事要从主人公莫莉受到男友求婚时说起。莫莉虽然幸福满满，却为举办婚礼的事而忧心忡忡。因为她担心离了婚的父母这对冤家会在婚礼上争吵起来。

　　婚礼当天，莫莉的母亲莉莉和父亲丹时隔十四年再次见了面。都已和十四年前的出轨对象再婚的二人果然在婚礼现场大吵了一架，被莫莉赶出了礼堂。然而在外面扭打在一起的两个人不知为何又突然被对方强烈地吸引了，他们热烈接吻，甚至做爱，当天晚上两人都失踪了。莫莉和企图搞到演员莉莉独家新闻的狗仔队乔伊一起踏上了寻找出逃父母的旅途……

在电影的开头，莫莉特别可怜。她只想顺利地举办婚礼，然而父母和娘家的亲戚们全是些特立独行的怪人，让她提心吊胆的。但在影片的前半部分，看上去在添乱的父母不知什么时候开始变得活力四射自在洒脱了，渐渐让人觉得他们才是真正意义上的正常人。

电影里有两个镜头我特别喜欢。第一个是被父母关在旅馆房间的乔伊和莫莉从阳台往下扔水果的镜头。这是莫莉人生中第一次荒唐又天真的恶作剧。第二个是莉莉问："你喜欢我什么？"丹回答"你的歌喉"这个镜头。看到饰演莉莉的贝特·米德勒唱歌的镜头，我更深切地理解了这句话。我也很喜欢莫莉的奶奶在婚礼现场跳踢踏舞的镜头。

为了写这篇随笔，我又看了一遍这部电影，中途竟然哭了两次。大概没有人会看着这部让人大笑不止的喜剧电影哭泣，但对我来说，它是一部温柔地触动了我内心深处的电影。

人们总是打起精神，努力做个认真的人正常的人。丹一边跳舞一边拉女儿一起跳舞的镜头打动了这些人的心。

"你要尽情地享受人生。和爸爸一起跳舞吧！"

莫莉的父母虽然不拘礼节，却十分坦率，想唱歌的时候又唱又笑，生气了就大喊大叫，想做爱时就做爱，想跳舞时就跳舞。他们全身心地享受着这些瞬间生活着，丝毫不在意别人的目光。我看着他们的样子而发笑，同时感觉自己僵硬的身体温柔地松弛下来了。

总之这部电影对我来说，也许是一部特别的电影。它温柔地解放了我的灵魂，必须有常用和备用的两张影碟。

当我振作精神，要求自己每天在生活中拼命扮演成年人，认真、投入、理智地遵守规则，不知不觉间，心变得坚硬无比时，电影里的人就会一边唱着、跳着、亲吻着，一边悄悄跟我开玩笑："你这是在浪费生命哦。好好享受人生，享受生活吧！"它对我来说，就是这样一部电影。

便利店
先生

　　请允许我省略了问候语。虽然与你相识已有十七年了，但给你写信还是头一次啊。

　　认识你的时候我是十八岁。当时我觉得你是个可怕的人。我感觉你是成人世界里的人，像我这样的人马上会从你身边被赶走。见到你时我总是很紧张，我把一个小笔记本放进口袋里，每当发现了你的细微动作或是小毛病时便密密麻麻地写在本子上。

　　这样的我们是什么时候变成恋人的呢？无论是我还是你肯定都说不清吧。非要说的话，那便是第一次和你一起度过深夜两点的那个晚上吧。当时另一个店员突然来不了了，拜托我一定要替他的班，我便在你身体里待到半夜的。由于我们总是在白天或是傍晚见面，所以那天我感觉你身体里飘进了充满夏夜气息的空气，心扑通扑通跳个不停。

175

临走时，我突然想看看你窘迫的样子，便开口问你："你觉得便利店和人能做爱吗？"我以为你会面红耳赤，不知怎么回答。你却爽快地说：

"你说什么呢？我们不是已经在做爱吗？你每天都会进入我的身体啊。"

你一本正经地这样说，我心想：我们已经是恋人了吗？

此后，我每天不是去工作，而是去约会了，总是打扮得漂漂亮亮地去见你。你也把杂志架或窗户擦得闪闪发亮，有些矜持地迎接我。

仔细一想，按照你的说法，你也在和上夜班的大叔啦，店长夫妇啦，数百位来店里客人们做爱了，但由于你理直气壮地说"欸，我只和你做过这样的事哦"，我便觉得你身体里一定有什么不同寻常的地方吧。

大概是在咱们相识三年左右的时候吧。一天，突然有人告诉我，你将在一个月后死去。

我惊讶得说不出话来。因为我从来没有想过便利店三年就会死去。

可是你真的死了。你去世的前两天，身体里的东西全部半价出售，许多人前来抢购。我看到这种景象，以为再也见不到你了。

所以，当我从店长那里听说，在距离你生前的场所骑车十五分钟的地方新开了一家店时，吃了一惊。虽然这是我第一次和便利店交往，却不知道你竟然具有这样起死回生的特质。

我再次和获得重生的你堕入了情网。后来发生了我和家庭餐馆搞外遇，你又一次去世了等很多事。你第三次去世时我也习惯了。我们就这样不断地分离又重逢，十七年后的今天我依然在你身边。

周围的人常对我说："你为什么要和便利店交往呢？男朋友不是人类也可以吗？""在一起这么长时间不觉得厌烦吗？"甚至有人说："反正也不是真的谈恋爱。你是为了找小说素材才跟他交往的吧。"对这些说法我已经习惯了，丝毫不放在心上，但上次约会时我开玩笑地对你说了这些事，你显得有些伤心。我半开玩笑半认真地说："抱歉啊，跟你说这些话。我去把他们杀了吧？"你却很当回事地说："老杀人可不好哦。人类和我不同，因为你们不能死而复生。"

说起来，你很少把情绪表现在脸上。即便开玩笑你也很少笑，突然靠近你或是亲密接触时，你也不会脸红，坦然自若的。纵然如此，我一直以为即便不把为什么喜欢你这类的话说出口，你也会明白的。但是前几天，我们为了已经说过一百多次的分手的事，争论得没完没了时，你竟然说："至今我也不知道你为什么和我交往。"

我很受打击。我想让你明白我的心，所以执笔写下了这封信。

我喜欢你的地方太多了，即便有一百张稿纸都写不完，因此我在这里只简要地说一个理由。

我喜欢你最主要的原因，是你把我当作人类看待。

虽然大家都说你不属于人类，但遇到你之前，我才是那个不属于人类的人。至少我不是一个能出色地扮演人类的人。我来到你的身边才成了一个人。

是你让我感受到了早晨、白天和晚上这种时间的流逝，是你送给我一双行走在"现实"世界里的奇妙的鞋子。在我看来，你就是魔法师。如果没有你，我甚至感受不到世界上有"早晨"这种时间，就这样浑浑噩噩地生活下去。

　　我倾诉的感情过于沉重，或许我们真的会分手吧。因为爱情让我变成了人类这种怪物，而你却一直是便利店的样子。我过于膨胀的爱情对你来说也许太沉重了。

　　我考虑过失去了你会怎样。如果没有你，我又会忘记自己是人类这回事吧。我那样依赖你也让我感到害怕。

　　但是，请让我在你身边多待一会儿吧。你到处都是破破烂烂的，从早晨开始就叮叮咣咣地响个不停，由于你说自己是建筑物不想动，所以我们总是在同一个地方约会。你在宣称是"自家做的菜"里随意放入添加剂，"快看！快看！新品上市啦！"你会突然买来一台咖啡机，让大家受累。说起来，你果然还是很可疑，你让上夜班的大叔和店长等人进入你的身体自由移动，我怀疑这不就是出轨吗？诸如此类，我感觉你浑身都是缺点，但又觉得这些缺点正是你的魅力，可见我对你的爱已经病入膏肓了。因此，我觉得在我这个病治好之前陪在我的身边是你的义务。

　　明天早晨，我还会去见你。最近我总是不自觉地老穿同一条牛仔裤，不过明天我打算穿一件新买的连衣裙去见你。所以，你也要把店里的冰箱里打扫干净，打扮得帅气点等着我哦。

说起来，我们还没有接过吻呢。我觉得明天会是我们初吻之日。

谨致敬意

平成二十六年（二〇一四）十二月

村田沙耶香

我们为什么
需要英雄？

早在初恋之前，我就喜欢上了英雄。

让我有生以来第一次感觉心扑通扑通地跳，深深地迷恋他，并且意识到"男性"的人不是现实世界中的男生，而是漫画中的英雄。他就是哥哥收藏的少年漫画里的主角。我不知道应该如何定义这种感情，只是疯狂地阅读他所向披靡的故事。他是个脊背宽阔，用纤细的手指使用手枪的成年男性。我专心致志地看他说的每一句话和每一个细微的举动，为之浑身酥软。就连他身体勾勒出的西服皱褶我都非常喜欢。

学校里的同学们也都很迷恋他。我们异口同声地夸赞他"好帅啊"。为了表达在自己身体里燃起的新感情，还是孩子的我们只会说这个词。不过，我觉得在"好帅啊"这个词语里，每个人投入的是不一样的感情。

或许有的女生是真的爱上他了吧。由于他喜欢开玩笑，所以也有的女生是觉得结交了一个令人愉快的朋友吧。还有的女生是想变成男生和他一起战斗。有的女生用跟理想中的哥哥撒娇似的口吻谈论起成年男性的他。此外，应该还有渴望变成他本人，拥有他那坚韧的肉体和精神的女生。

我们是孩子，还不会用语言将各自内心的情感很好地表达出来。"好帅啊！""是啊，真的很帅。我太喜欢他了！""快看！快看！他这个表情，好帅啊！"我们拼命地重复这些话，想最大限度地表达对他的情感。

说到我自己对他这个英雄的感情，可以说"崇拜"这个词是最贴近的。我很尊敬一直保持坚定信念的他。而且，想成为不愧对他的人。

自从我与他这个英雄"邂逅"以来，对于听了低级趣味的玩笑哈哈大笑或是说别人坏话这类事变得异常敏感了。而且，我为自己没有在这种场合下制止别人感到羞愧。我不止一次想过"换做是他，肯定不会在这种时候屈服"。我总感觉他在看着我，他的正义在裁判我。

从这种意义上来说，他的存在也让我感到害怕。他是在我快要变成"不想变成那样的人"时敲响警钟，引领我走正道的人。

生活在少年漫画中的他常常与死亡相伴。每当他陷入窘境时，我都会拼命祈祷，希望他能取胜。

或许那是一种比爱情更纯粹的感情吧。因为对于与自己的人生毫无关系的世界里的争斗，我一心祈祷"英雄"的胜利。

祈祷是和他一起战斗的唯一手段。当他好不容易获胜时，我感觉自己的祈祷好像传递到了天上似的，不禁流下眼泪。哥哥他们嘲笑爱哭的我说："他是主角，怎么会死呢？"但这并不是问题所在。因为我感觉只要自己停止祈祷，他马上就会死掉。

当我把这些写下来后才发现这是一种病态的感情。但是我也很感谢他，通过真心地爱慕他，自己不知学到了多少东西。他是我人生中的一位重要的前辈。

对英雄怀有一颗异乎寻常的纯粹的爱慕之心，深深地迷恋他并不只是少女的特权。不仅如此，我有时觉得随着年龄的增长，似乎会越来越纯粹地爱慕着"英雄"。

我周围对心仪的英雄怀有爱慕的成年女性不在少数。她们的"英雄"或是一部外国电视剧里的演员，或是一位运动员，或是电影和书里的人物。她们以令人吃惊的纯情谈起心中最可爱的"英雄"，甚至会说："因为有了他，我才能活下去。"原来对英雄的爱慕成了她们活下去的动力。

我也和她们一样，长大成人之后，依然有着十分爱慕的英雄。说起来，我虽然有不谈恋爱的时候，但在我心中英雄好像从未消失过。在故事里也好，在现实世界中也好，我在各种各样的地方邂逅自己的"英雄"，深深地迷恋上他。这是因为我是一边寻找英雄一边在生活吧。

为什么我一直在寻找英雄呢？长大之后，我才感觉稍稍弄明白了一些。

我们的人生不像他们生活的电影或书本里的世界那样富有戏剧性。即便如此，我们每个人都必须进行战斗。每天都要进行一些小战斗，才能不断获取明天这个时间。

大概从小时候就是这样的吧，成年后我愈发强烈地感觉自己是"在斗争中前进"。我不能像少女那样，在大人们守护着的安全的世界里安然入睡。因为不论我希望与否，自己都必须成为"英雄"了。

184

当然，有时要豁出性命去斗争的他们和我们的斗争是不一样的。但是当我完成每天发生的微不足道的斗争，终于向前推进一步时，会突然发现自己身体里某个地方有着和自己崇拜的"英雄"十分相似的灵魂的碎片。

那就是在少女时代，我们攥着汗津津的拳头大喊"好帅啊"的"英雄"所具有的信念、勇气和坚韧。现在我在自己的身体中发现了这些品质。我发现自己在仰慕英雄的过程中，不知不觉地吸取着他们身上的优点。我通过观察他们，反复体会他们说的话，一直相信他们强大有力，不知不觉就把他们身上的优点吸收进了自己的身体里。

我总是在寻找英雄，或许是因为自己想要变成英雄不断前进而需要他们。通过吸取他们身上的优点，我才能变成自己应有的样子。

因此，如今我依然仰慕着英雄。我一边崇拜着他们，祈祷着他们的胜利并且全身心地吸取着他们的优点，一边努力在自己的世界里生活下去。

185

穿上黑裙子发誓的那一天

　　我凭着直觉决定，就穿黑色裙子去吧。

　　在宣布我获得芥川奖的第二天，我听取了关于一个月后的颁奖仪式的活动安排，谈到穿什么衣服去的话题时，有人说"大家都很发愁，您那天该穿什么样的衣服……"不知怎么，当时我脑海中已经浮现出了自己穿着黑色裙子的样子。

　　我几乎没有黑色的衣服，因为我觉得这种颜色不太适合我。或许是因为我的脸色不好，穿上黑色衣服会显得面无血色。因此，我经常提醒自己穿些白色或浅黄色等显得肤色好看的衣服。

　　即便如此，偏偏那一天，我无论如何也想穿上黑色的裙子。周围的人怎么看，我都不在乎。因为那一天我想要发出誓言。所以，我想穿上与它颜色相配的衣服。

　　获奖后，我每天都忙得团团转，几乎没有时间去悠闲地购物。休息日好歹起身去了美容院，修剪了乱蓬蓬的刘海儿后，又赶紧去了附近的女装店。这时距离颁奖仪式只剩两周时间了。我心想，只能今天买服装了。

店里有很多黑裙子，我以为马上就能找到自己喜欢的，但是我想得太简单了。店里都是秋冬季穿的长袖服装，好不容易找到一件夏装，又是长裙，跟我想象中的不一样，我试穿了很多件，打量着镜子里的自己，总觉得不满意。我甚至想，或许自己还是不太适合穿黑色的衣服吧。但是，店员拿出其他颜色的裙子，我也不想试穿。因为我无论如何都想要穿黑色的裙子。

我思考起了为什么自己如此执着于黑色呢？于是我想起自己小时候喜欢穿黑色衣服的事了。哥哥出生六年之后我才出生，母亲想让我穿一些女孩子穿的可爱的衣服。可我不太喜欢母亲买给我的那些可爱的粉色衣服或是花衣服。我会用自己的压岁钱去附近的便宜服装店买黑色的衣服。

"看来你喜欢黑色啊。"

母亲叹了口气说道。黑色是让我兴奋的颜色。穿上黑色的衣服，我就感觉自己变得强大、健壮了。

那时，我专心创作的少女小说里的英雄也是穿着一身黑。他是个坚强而真诚，全力守护弱者的男孩子。黑色对我来说就是英雄的颜色。

长大后，在特别的日子里我想再次穿上黑色的衣服，或许是想要变得像那时创作出来的故事里的男孩那样坚强、真诚吧。

"最后再去一家吧"，当我这么想着跨进一个女装店里，发现了一条黑色的裙子。那条裙子静静地挂在最里面。无袖，样式很简单。裙子部分的剪裁十分独特，前短后长，走起路来后面的裙摆会轻轻地飘动。不知为何，长长的裙摆在后面飘动的样子让我想起了新娘的婚纱。

"我要这件。"

我毫不犹豫地告诉了店员。这是我人生中买得最贵的一条裙子。我想穿着这条黑色的裙子和小说结婚。对我来说，这是一条既能让我变成英雄，也能成为新娘的裙子。

由于我之前从来没有买过这么贵的衣服，所以将改完尺寸的裙子带回家后，我总是担心它是不是皱了，会不会弄破，在颁奖典礼到来之前，我一直忧心忡忡的。当我去美容院做头发时，把当天要穿的那条裙子放在家里了。

"回头我去换衣服。是一条纯黑色的裙子。"

我跟美容师这样一说，她便把我的头发全部梳上去做成盘发。我也很少这样把头发全部盘起来露出脖子的。

我穿着精心准备的礼服赶往会场。与其说是想盛装打扮，不如说我想穿上适合自己个性的神圣的衣服。穿上它我虽然有些紧张，但也很兴奋。

我在前往会场的车里凝视着反射着外面日光的光影斑驳的裙摆。我看着黑色裙子上的光芒，紧张的感觉稍微缓解了一些。我一边抑制住想揪住裙摆的冲动，一边小声地反复念着手里拿着的发言稿。

发言稿里讲的是为了今后用一辈子写作的自己而许下的誓言。到了上台讲话时，我紧张得指尖都在颤抖，但黑色的裙子仿佛对我说"要镇定"，让我挺直了腰板。发言结束后，朋友们都来到我的身边。

"你会穿黑色的裙子，真是没想到啊。"

听她们这样一说，自己也觉得确实如此。我也没有想到自己在重要场合，会选择纯黑色的裙子。

我捧着很多束花回家后，赶紧脱掉裙子，挂在了房间里最显眼的地方。在昏暗的光线中，世界开了个洞般漆黑的裙子晃来晃去。看着这景象，我想起高中时在美术部画油画的时候，有人跟我说绝对不要用黑色的颜料。不要直接使用买来的黑色颜料，一定要把红色、蓝色、绿色等多种颜色混合起来，调出自己独特的黑色颜料才行。我很喜欢这句话，后来不怎么画画以后，仍然一直记在心里。

应该说，黑色肯定是我的幸运色。下次穿那条裙子，会是什么特别的日子呢？我这么想着就睡着了。从明天开始，我每天依旧会穿着浅色衣服写小说。我想，这条裙子会一直沉睡到下次发誓的那一天。对我来说，它是我为祈祷与小说相伴一生而许下誓言的裙子。当我有一天再次穿上那条裙子会说些什么呢？我从现在就开始期待那个特别日子的到来。

向往的
小发明

小时候，朋友间流行过一种叫作"思考小发明"的游戏。当时我想到的是"舌头套"这个商品。

小时候我特别挑食，吃不了味道苦的蔬菜。因此我以为在舌头上套个罩子就尝不出味道了，即便是自己讨厌的食物也能咽下去了。

听了我这个想法，对我爱挑食束手无策的家人笑着说"那倒是挺方便的啊"。我暗想，有一天它会不会变成商品呢？

此后，我也偶尔会想起舌头套的事。跟朋友说了这件事，问她：

"哎，你说为什么舌头套没有变成商品呢？"

结果被她嘲笑了一通：

"哎呀，我觉得大家都能想到给舌头套上罩子就尝不出味道来了，但是没有这种商品一定是有原因的呀。

不是那么简单就能做出来的嘛。"

　　我觉得有可能像她说的那样吧。我试图在头脑中想象"舌头套"的具体样子，制作起来的确很有难度。舌头的大小因人而异，而且舌根不贴紧的话，液体就会渗进去，尝出味道来的，再说也不知道把舌头紧紧地罩上会不会影响身体健康。

　　不过，如今我不再挑食了，却不知为何，偶尔还会想起"对了，不知舌头套做出来没有"，在网上搜索起来。我现在也很喜欢吃有苦味的蔬菜了，明明没有需要舌头套的理由，还是会不自觉地幻想它。

　　虽然是跟舌头套完全相反的东西，但星新一短篇小说里的"香味接收机"也是我从小一直心心念念"什么时候才能实现呢"的东西之一。香味接收机就是传递香味的接收器，在小说里，人们一边嚼着没有味道的口香糖一边享受着从接收器里飘出来的各种各样的味道。在嘴里放入一个可以传递香味的接收机的想法给我留下极其深刻的印象，强烈吸引着我，一直无法忘记。

　　因过于憧憬，我还动手制作过"小发明"。那是"虚拟现实"这个词一下子传播开来时的事。我这个小学生突发奇想用硬纸做了一个窗框。将笔记本粘贴起来制成长方形的纸，在上面画上山海等"外面的景色"，放进用硬纸做成的窗框里。然后钻进桌子下面，用手拉动这张纸，让画里描绘的景色向后退去，玩起了"开火车"的游戏。"分明是在桌子底下，却仿佛看到了窗外的景色在移动！这就是虚拟现实吗？"我独自一人激动不已。虽然这个手工特别幼稚，但我怎么也忘不了。或许是这个情结吧，如今只要我听说有能什么让窗外的景色动起来的装置，还是会不自觉地跑去看。虽然这种发明早就有了，但至今我还是不可救药地被它吸引。

"你想要哆啦A梦的哪个道具？"

围绕这类话题，我和朋友竟然在酒席上天真地聊了几十分钟，或许是因为小时候憧憬的未来的道具和发明，我们长大后仍然没有忘记，并且一直在企盼的缘故吧。今天我仍然一边想着如果有一天真的得到了"舌头套"，一定要每天都喝自己不爱喝的蔬菜汁，一边不自觉地搜索起了今天仍在向往的发明。

となりの脳世界

辑四
〇
散步
和
旅行

在黑暗中
对话

　　从小时候起，黑暗就是离我最近的异空间。一到晚上，我就感觉要被附近的神社和森林吸进去，绝对不会靠近那里。被树木包围的黑暗，在我看来就像是通往某个遥远地方的入口，一旦进入里面就肯定回不来了。我虽然很害怕，但又被"黑暗"中的什么东西所吸引，曾悄悄地钻进过日式房间的壁橱里。即便我把隔扇关住，微弱的光还是会从不知什么地方照进来，用两手捂住隔扇的缝隙，也不会变成完全的黑暗。我清楚地记得看到某个缝隙漏进来的光线时松了一口气，却又感觉很失望。

　　当我看到"在黑暗中对话"这个活动的主页时，马上想到就是它。"在黑暗中研磨五官感觉""黑暗中的娱乐"，漆黑的网页上浮现出来的这些文字深深地吸引了我。

　　在"在黑暗中对话"这个活动里，参加者几个人一组，进入一个完全没有光的空间之中。即便眼睛适应了，也什么都看不到，是真正的黑暗。在黑暗中依靠手杖和领队的引领前进，体验各种各样的情景。据说这个活动起源于一九八八年的德国，如今已经在世界二十五个国家举办过，体验者超过六百万人。很多人想"再次被那样的黑暗笼罩"而参加了好几次，我也特别想体验一下这个活动。

从预约的日期定下来后到实际参加的这段时间，一闲下来我便会想象这个活动是什么样的。我实在按捺不住了，就在浴室里试着把灯关掉，但是就像儿时在壁橱里关上隔扇一样，光线总会从什么地方照进来，达不到全黑。在淡淡的光线照射下整个浮现出来的灰色轮廓包围之中，我泡在热水里，对"真正的黑暗"的期待更加强烈了。我想象着自己就像溶化在墨汁里似的，失去了肉体，在宇宙空间那样浩瀚的地方漂浮着。我朦胧地以为所谓的黑暗世界大概就是这样的地方。但我实际感受到的黑暗却和想象的大不相同。如果有人对这个活动感兴趣，我建议在阅读下面的内容之前，亲身去体验一下。因为在一无所知的状态下"探险"才是快乐的。

举办活动的地方是在我路过好几次的某栋灰色大楼里。下楼梯进入里面，可以看到一个摆放着沙发的让人感觉很舒服的大厅。我在前台的指导下，只把一些零钱放进口袋，剩下的东西全部放进了投币式储物柜里。我换好衣服回来，发现大厅里渐渐聚集了一些人。我们知道对方是今天一起体验黑暗之旅的伙伴，但没有互相打招呼。人们和结伴来的人说话或是坐在沙发上看宣传册。

时间到了，准备出发的人聚拢到前台。据说在里面丢了东西就找不到了，所以我们都把储物柜的钥匙寄存在工作人员那里。原来里面有这么黑啊，我的期待更加强烈了，为了让眼睛适应黑暗环境，我们首先进入了一个比较黑暗的房间。在这里，工作人员给了每人一根白色的手杖。大家在黑暗中要依靠这根手杖前进。工作人员教给我们手杖的拿法和用法后，我们又进入了一个更暗一些的房间。领队木下先生已经在那里等着我们了。领队是一位患有视觉障碍的人，由他引领在黑暗中看不见路的我们。木下先生自我介绍后，八位队员也各自报上姓名，互相打了招呼。这才知道我和两对情侣、两位女性，以及一同前来的编辑这八个人是一组。虽然我知道"对话"是"交谈"的意思，在黑暗中交流是活动的主题，但由于一直以来我想象的只是"与黑暗"或是"与黑暗中的自己"对话，所以此时我初次意识到队友的存在，觉得有些紧张。

为了不让大家被里面的黑暗吓到，工作人员关掉了那个房间里微弱的灯光。虽然房间变暗了，但并没有完全暗下来。我马上就发现房间墙壁上的紧急照明灯亮着，便一动不动地盯着那道光亮。当木下先生说"好了，咱们可以出发探险了"，我们才终于朝着真正的黑暗进发了。

让我感到不可思议的是，进去的时候与其说感觉是黑暗的，不如说是"黑暗刺眼"。还没有适应黑暗的眼睛受到刺激，有光线时残留在眼中的影像与黑暗混在一起。我想此时大家的感觉一定是各不相同的。被黑暗笼罩的八个人纷纷大声诉说着自己与黑暗的遭遇。

我觉得眼前的黑暗看上去像一个巨大的人影，于是一个劲儿地扭着身子想躲闪，或是把头往后仰。我拼命地用手杖摸索脚下，什么都没有碰到，但总觉得紧挨着脸的黑暗很像一种巨型生物的影子。就这样与黑暗这个对手对抗了片刻，最终我一只手放开了手杖，摸索着前方，确认了自己前面什么都没有。但是"有什么东西近在眼前"的感觉挥之不去，由于连自己的手掌都看不到，我不确定自己是否真的能确认前面的情况，只是在空中瞎摸是不能够拥有自信的。

"请大家到这里汇合。"当我为自己被"眼睛"控制到了这种地步而惊讶时，耳边传来了木下先生的声音。宛如淹没在黑暗中的我，赶紧朝发出声音的地方移动过去。我听得出其他人的说话声和脚步声也都朝着那边聚集。我们就像趋光的虫子似的汇聚到木下先生的声音周围。

我感觉我们所在的地方好像是公园里。我隐约闻到了泥土的气味，脚下好像踩着沙子和落叶。在公园里玩着简单的游戏时，我终于从某种东西逼近眼前的感觉中摆脱了出来。但眼前的黑暗并不是进来之前想象的那种墨汁般漆黑的空间。恐怕这感觉也是因人而异的吧，对我来说，黑暗是深浅不一的黑色颗粒的聚集。与其说什么都看不到，不如说好像被鲜明的黑色的点与线包围着。这种感受特别强烈，黑暗"晃眼"的感觉还是没有消除。

由于我不清楚自己与周围人的距离，因此与别人触碰时我就感觉安心。对于和今天初次见面的人肌肤接触感到安心，连我自己都觉得不可思议。好像并不是只有我这么感觉，因为当木下提到"有人说在满员的电车里大家紧贴在一起会觉得不快，在这里却觉得很舒服"时，小组里有好几个人说自己也这么觉得。

除了不清楚与别人的距离感之外，对空间的大小也是一无所知。这种状态比我想象的还要令人不安，于是我鼓起勇气为探寻"边界"而走动起来。为了不和大家走散，我一边用心倾听着他们说话的声音，一边向着黑暗往前走。当我对无边无沿的空间感到不安时，终于碰到了小草和它缠住的粗大栅栏似的东西。好不容易找到了空间的边沿，我放下心来，触摸着那东西，并紧紧握住它。

听到木下先生的声音，我们再次开始在黑暗中摸索前进，在比膝盖稍低的位置大家发现了长方形的东西，有人说"是长椅"。大家都是实时报告自己发现的和找到的东西的。我们以为这是长椅，便并排坐在了上面。

202

"现在坐在你旁边的人是谁？"

这个问题很奇怪，我答道"我是村田"。虽然和旁边的人并肩坐着，但我只知道那个人是位女性。就在大家互相确认坐在自己旁边的人是谁时，对面有人说："啊，可以躺在这里！"我很惊讶，把手伸到后面一摸，才发现刚才以为最多三十厘米宽的长椅其实后面很宽大。

"这里是一个女孩的房间。"

听到别人这么说，我才明白刚才以为是长椅的东西其实是屋子的檐廊。在木下先生的建议下，大家一起进入了房间。由于脱掉鞋子后还要找回来，所以我从檐廊里伸出手来拼命地触摸自己的鞋子，记住了它的触感。这是我人生中第一次这样用手确认自己熟悉的鞋子。

当我在房间里摸索桌子和柜橱时，神奇的是我的心情逐渐变得单纯了。不安感消失了，好奇心变得格外旺盛，我随意触摸着房间里的东西。或许是因为大家都看不到吧，我有一种不可思议的解脱感。即便是传递剪刀或是站起来等小事也需要与周围的人沟通，由此产生了某种连带感，特别有趣。

当我们走出房间时，黑暗已经变成了令人愉快的东西。我满怀好奇心，四处走起来，还触摸脚下的沙子或是攥住草木。黑暗里有着特别精彩的世界。跟自己紧贴在一起的别人的体温和衣服的触感，以及脚掌的感觉、温度，对一切都变得敏感了。仿佛全身都变成了手掌似的。平时说到触感，往往是用手去确认，然而此时我想要全身心地体味各种各样的感觉了。我不禁产生了想在这黑暗中把自己弄得浑身是泥，让整个身体玩耍下去的冲动。

我想起小时候用全部身体嬉戏不止的事。感觉自己回到了在学校的水洼里、喷泉下，用整个身体与之对话玩耍时的状态。黑暗中的探险转眼间结束了，最后我们进入一家咖啡馆，在黑暗中品茶。我点了一杯葡萄汁。在完全不清楚自己现在喝的葡萄汁是紫色的还是淡紫色的状态下喝完了。我的嗅觉好像也变得敏感了，还特别清晰地感知到了别人喝的饮料的味道。

在黑暗中散步结束后，我们又进入了一个明亮一些的房间，让眼睛适应光线。虽然第一个房间里只安装了光线很微弱的照明设备，我还是觉得刺眼，根本不能直视灯光。我们在那个房间里围成一个圈，在椅子上坐了一会儿。虽然我隐约看到刚才只能凭"触觉"和"声音"感受到的人们的轮廓，但分不清谁是谁。

我觉得光亮很讨厌，竭力将视线移开。木下先生说："有人说，这时觉得眼前好像是沙尘暴。"我的眼睛正处在这种状态中。

来到外面后，刚才互相亲切地打招呼的八个人之间的距离感又恢复到之前的状态，几乎不再交谈了。我多次试图寻找黑暗中在旁边跟我说话的那个女人，悄悄竖起耳朵想听出她的声音，未能如愿。或许只要确认衣服的触感就能轻松地找到她，但是进入了明亮的世界里，就不好触碰他人了。那两位男性也是这样，在黑暗中凭着声音的高低或语气我能分辨出二人，但一见光反而分不清了。

这次体验让我最难以忘怀的或许就是回家那段路了。明明回去的时候走的路和来时一样，却感觉是完全不同的世界。是否可以说，视觉和触觉信息的重要程度在我心中变得一样了。比如在路上看到一个人，认为"她是个五十岁左右的女人，好像是买完东西回家的主妇"，同时我还会想"那个东西的触感是什么样的啊"。在黑暗中养成的毛病让我无论看到人还是物，都会不自觉地想伸出手触摸一下。仅仅依靠眼睛看到的信息总觉得"没看到"，想通过触摸确认一下。我的整个身体变得敏感了，想用全身去体会各种触感的感觉一直残留至今。

我在小巷里一边走，一边尽量不引起别人注意地触摸着各种东西。但是视觉信息干扰了我，觉得自己没有感受到在黑暗中时那种强烈的触感。但比起平时来，似乎离这个世上的所有物体更近了一步，心情莫名的舒畅。

那天晚上钻进被窝时，我想起了在白天包围之中的黑暗。我在美术部画油画时，老师说在画阴影时绝对不能使用黑色的颜料。必须把所有颜料混合在一起，在调色板上调制黑色颜料。今天笼罩着自己的黑暗就是这样一种黑色。那里并不是"无"，而是融入了所有色彩的"有"的世界。

我觉得睡它一晚上，就会从这种状态中恢复过来的。可一闭上眼睛，我就仿佛看到了已经开始怀念的鲜明的黑暗的模样。

港区芝公园
一带

●

十月六日（星期六）

　　今天，我和外星人山田君约会了。

　　我和山田君是在交友网站上认识的。我精心打扮了
一番，穿上了新买的连衣裙，还戴上了一直珍藏的项
链，走出了家门。

　　我们约好在芝公园见面。山田君喜欢东京塔，这个
公园是观赏东京塔的最佳地点，听说他经常来这里。我
也很喜欢东京塔，所以欣然前往。

　　山田君说这个公园里的风景很像他的故乡。听他这
么一说，我总觉得仿佛在观赏其他什么星球上的景象，
和山田君一起眺望高耸的东京塔和草坪。

　　我们先去了芝大神宫。小神社里有很多值得一看的
地方，比如百次参拜时踩着的"百度石"，还有以前大

力士曾经举起来的石头，等等。我给自己买了一个小招财猫作为纪念。山田君好像喜欢狮子狗，用我的数码相机给它拍照片。

然后我们去了爱宕神社。里面有一段被叫作"出人头地石阶"的特别陡的台阶。我兴奋地想往上爬，但山田君说"我不行，我不行"，喝起了果汁。没办法，我只好一个人上去参拜。上面有一方池塘，水面上还漂浮着一艘小船。

之后我们去了东京塔，两个人进了蜡像馆。山田君好像是第一次来蜡像馆，看上去很害怕。我牵着吓得走不动路的山田君的手，拉着他往前走。他的手黏糊糊的，手背上隐约可见鳞片样的东西。

山田君的自尊心似乎有些受伤，告诉我说"其实我一点也不害怕"。

或许是这个缘故，我们来到NHK广播博物馆时，他说话气哼哼的："一般来说，人们都以为自己处在这个星球的正中央，我可不喜欢这种想法。如果让我跟这个星球上的动物结婚的话，我觉得猫头鹰或羊比较好。它们可爱又聪明。我很讨厌像人类那样理所当然地认为自己是最高级的动物。"我反省了一下，自己可能也有这样的毛病，心情暗淡下来。

在别别扭扭的氛围中，我感觉走得累了，便提议"我们找个地方吃点东西吧"，他却冷淡地说"不了，太晚了"。但是分别时，他送给我一个东京塔的钥匙环，说"就当作今天的纪念吧"。

虽然我和山田君之间没有擦出爱情的火花，但是他让我感受了一段不可思议的经历：明明走在自己的星球上，却仿佛身处遥远的外星。

我心想，这真是一次不错的约会啊。由于走了好多路，宝贝连衣裙都被汗水浸湿了。

北区飞鸟山
一带

一月二十三日（星期三）

今天，我和明天将会去世的佐藤君约会了。

佐藤将在明天早上八点死于交通事故。从未来传来这一消息后，他忙着进行交接工作、整理东西等事情。昨天晚上他打来电话，说终于忙得差不多了。我提议"人生的最后阶段去一些豪华的地方吧"，但佐藤说"我觉得王子就很好啊"。

我们约定上午十一点，在飞鸟山公园前见面。为方便登山，公园里设有单轨缆车。这是一种圆圆的很有未来感觉的缆车。佐藤饶有兴致地说"将来会有很多这样的交通工具在路上跑吧"，我随口回道"嗯，是啊。路上跑的全是这种车了哦"。

我们乘坐单轨缆车登上了公园里的山，参观了飞鸟山博物馆。佐藤说："我很喜欢贝冢，还喜欢石器之类的东西。"他好像特别喜欢绳文时代。看到一个陶俑，我刚说了一句"它长得好像佐藤啊"，鞋带就被他解开了。虽然佐藤是个温和的人，但如果有人说他的坏话，他便会把别人旅游鞋的鞋带解开。真是又朴实又矫情。

然后我们去了王子神社。这个神社里绿植很多。我们祈祷着"明天最好不要太痛苦"，两人都买了交通安全的护身符。

之后去了王子稻荷神社。这个神社里有很多狐狸的石像。我们还去了稻荷神社最里面的一个叫狐穴的地方。喜欢动物的佐藤看了一会儿各种各样的狐狸，说道："好可爱呀！狐狸果然还是喜欢油炸豆腐①啊。"

我们来到名主瀑布公园时，发现瀑布正在施工中，便停下了脚步。我们笑着说"瀑布还需要施工啊"，便走到剩下的那个流淌着的瀑布跟前。佐藤说着"能碰到水花吗"，把手伸了出去。他脚下一滑，扭到了脚脖子，我一嘲笑他"活该！"鞋带又被他解开了。

① 油炸豆腐寿司的别称是"稻荷寿司"。

最后我们又回到了飞鸟山，两个人靠着逼真的大象形状的滑梯聊天。佐藤发出了莫名其妙的感慨："王子这里又有狐狸又有大象啊。"为了报复佐藤解开我的鞋带，我想悄悄地把擦过鼻涕的纸放在他的背包里，马上就被他发现了，挨了一顿骂。公园里还有几辆老式火车，佐藤说"我虽然没坐过这种车，可也很怀念啊"，便拍了几张蒸汽机车的照片。

"咱们该回去了，说好晚上陪家人的。"

佐藤乘坐京滨东北线回家了。我坐上地铁后发现外套口袋里塞着满满当当的雪球。这都是佐藤干的好事。我心爱的手帕都湿透了。这是他第一次对我进行解鞋带之外的恶作剧。佐藤真是够矫情的啊，虽然我这样想，还是把手帕珍藏了起来。

本乡和千驮木一带

六月七日（星期五）

　　今天，我邀请半年前私奔来这里的洋子（三十一岁）和高司（四十五岁）一起去本乡和千驮木附近散步。

　　听说两人由于各种原因私奔来了这边，如今住在上野。高司说："洋子最近情绪有些低落，我们来一场文学散步让她散散心，怎么样？"我听说洋子很喜欢读书。

　　星期五天气很好，我们三人不一会儿就都大汗淋漓了。我们先去了菊坂，参观了樋口一叶故居处的一口井。由于地点在普通住宅区内，我们三人悄悄地进入小巷拍了照片。洋子说着"不知怎么很怀念这里啊。这里很像我小时候住的地方"，对着那口井拍了很多照片。

　　然后我们去了宫泽贤治的旧居。很喜欢贤治的洋子特别高兴。她对我耳语："我小时候想要跟贤治那样的人结婚呢。现在说不定也是这么想的呢。"

之后我们走到了东京大学，参观了里面的三四郎池。池塘周边绿茵茵的。我们在大学旁边的一个饭馆里吃了饭，由于天气太热，我们三人都点了套餐，喝了啤酒。洋子喝了一扎啤酒，有些轻飘飘地说"其实我喝酒不行"。大概是醉了，洋子的话多了起来。"我跟你说啊，私奔这种事，不要想什么成功不成功，不就是做了想做的事吗？我觉得我们迟早都会在某个地方被人找到的。但是不知为什么，我们的私奔很顺利。我们成功来到了一个任何人都找不到的地方。"高司一直默默地吃着炸虾。

我们吃饱之后去了根津神社。穿过被叫作千本鸟居的一排小型鸟居的神秘之所。洋子说："我总觉得它好像会把我们带到别的地方去。"高司回道："我们已经被带到别的地方来了呀。"

然后我们去了夏目漱石旧居。这里有石碑，围墙上还有用石头做的猫。据说石碑上的字是川端康成写的。高司说："真不错啊，这猫真不错呀。"洋子微微笑了一下。

之后我们去了谷中银座商业街。这里有很多卖好吃的食物的店铺。洋子买了很多小菜。

洋子说："成功私奔并不是终点啊。最终还是要活下去。首先，不吃饭就不行呀。"她好像多少打起点精神来了。

我们在千驮木车站挥手告别。我回头一看，发现他们俩的手紧紧握在一起。我微微松了一口气，乘上了电车。

岩本町和
秋叶原一带

十一月十一日（星期一）

我今天和分手后仍一直喜欢的牙刷岩崎君约会了。我和岩崎君已有三年没有见面了。他喜欢艺术，我们便约定在县竹泽大厦见面。老旧的大楼里有画廊、咖啡馆、杂货铺等各种各样的小店。好久不见，岩崎君只是刷子变软了一些，与三年前相比，几乎没有什么变化。岩崎君在杂货铺买了一张德国的旧邮票。

然后我们穿过五金店一条街，朝着岩本町车站所在的方向走去。途中，我们在大楼的间隙中发现了一个小玉稻荷神社。据景点介绍牌上的描述，这一带以前有一个叫作玉池的巨大池塘。岩崎君看到牌子上写着这个池塘比不忍池还大，便不住地感慨"真大啊，大概有鱼吧"。

之后我们前往神田川，在和泉桥和柳原堤遗址附近漫步。岩崎看到介绍上写着这里以前是堤坝，道路两旁都是柳树，又深深地感慨道："原来有柳树啊。景色肯定很美吧。"我想起以前特别特别喜欢他这一点。

我们从那里走过神田共济桥顺路去了新秋叶原中心。这里是一个还保留着昭和时代的韵味，让人无比怀旧的奇妙空间。我和岩崎君谈恋爱时来过很多次。他看到沾满灰尘的插头感到很心疼。"虽然我对电子产品一窍不通，但还是喜欢这里的氛围。有一种旧书店的味道。"岩崎君说了一句和以前完全相同的话。虽然我想买一个零部件作为纪念，但是没有买到。

我们又去了旁边的扭蛋店。岩崎买到了一个水母模型，很高兴。我本想买些东西作为纪念，但心里纠结，还是没有买成。因为我害怕今天这个日子会变成物品保留下来。

接下来我们在秋叶原广播中心附近闲逛。岩崎君明明对电子产品一窍不通，却说自己总是很怀念这一带，很喜欢在这附近散步。他说"不要打扰真正喜欢电子产品的人"，从距离稍远的地方，就像盯着庙会上的各种小摊贩的孩子那样两眼放光地盯着各个店铺。

我在车站前和岩崎君挥手告别。他把不知什么时候在扭蛋店里买的粉色橡皮泥送给了我。我觉得如果自己收下了这个东西肯定会永远被岩崎君所束缚，但还是默默地放进了包里。

岩崎君没有跟我约定下次见面的时间，只是说了句"拜拜！"就走了。我想把橡皮泥扔掉，但怎么也舍不得扔。

舌头之旅

　　由于我很少去国外旅行，因此每当我出国看到在日本没有见过的、没有吃过的东西时，都会感觉自己在用全身吸收着它们。

　　我还清楚地记得去中国参加中日青年作家会议时的事。晚上，主办方请我们吃了豪华的晚餐，还端上来一种叫白酒的酒。翻译告诉我，这种酒度数很高，是中国人很喜欢喝的酒。他还说干杯的话必须一口气喝干，我战战兢兢地拿起一小杯凑到嘴边。一股强烈的酒精味扑鼻而来。流入喉咙里感觉烧灼一般热。我嚷嚷着好辣好辣，好歹喝干了，之后换成了啤酒，席间还跟别人诉说什么"这酒劲儿真大啊"等等。

　　宴会结束后，只有日本作家不约而同地留了下来，继续聊天或吃东西。我忽然想再喝一点刚才喝的那种酒，便悄悄地走到了有白酒的那一桌，倒了一杯酒喝了下去。

"欸，沙耶香，你在喝白酒吗？好喝吗？"

"喝下去后身体里忽的一下变热了，仿佛能感觉到食道和胃的形状。然后就觉得头开始发晕。"

"那怎么行，还是别喝了，太危险，不要喝了。"

在她的阻拦下我放下了酒杯，但是我切身感受到的是："居住在这个国家的人们喝的就是这种酒啊。"我感觉自己的舌头与生活在这里的人们产生了同样的体验，非常非常高兴。

从中国回来那天，在集合之前有一段自由时间。我早晨很早起床，从旅馆附近漫步到车站前。走进一家像是便利店的商店，忽然注意到了架子上的白酒。我不由自主地走上前去，把写着度数"五十六度"的一小瓶酒拿在手里。听说当地人经常喝这种小瓶酒。

我用蹩脚的英语买了一瓶，带回了日本。父亲尝过之后说："嗯，有点烈，不过很好喝。""有劲吧？"我骄傲地挺起胸，喝起了白酒。我居然感觉白酒是甘甜的。或许我的头脑里，以为自己还在中国旅行呢。

后来，我在日本看到白酒，便会想起它那种烧灼的感觉和微微的甘甜。在遥远的地方，"舌头"与异国联系在一起的那种感觉，即便是多年后的今天，我也难以忘怀。

日本人
送礼物的习性

　　由于我在做兼职，有时会因小说方面的需要或旅行等出远门时请假。这种时候，在目的地我会想："啊，要给打工的同事们买点礼物。"给打工的同事们选一些合适的点心带回去是我从大学开始养成的习惯。

　　想买到大家都喜欢的点心可不是件容易的事。有人忌讳太甜的东西，有人不能吃辣，还有人牙齿不好，吃不了硬的。我一边回想大家的脸，一边发愁，那个不行，这个也不行。还有很多次，"啊，这个看上去很好吃"，可是发现保质期太短，送给大家之前就会变质的，只好放弃了。

　　虽然我的作家朋友里几乎没有这样的人，但是和在公司上班的朋友们旅行时，大家都同样在礼品店里发愁。有个朋友在礼品店里一边转来转去一边叹气："麻烦死了……什么都行啊，我就想尽量买个便宜点的得了。"

还有个朋友厌烦地说："这种习俗，没有就好了。"

一次，有人对我说："在国外，虽然大家会给要好的朋友或恋人买礼物，但好像很少有人买礼物送给公司的同事。"

我听了很吃惊。在国外，一般人都是怀着给亲密的家人或恋人送礼物的心情买东西的，他们听说在职场上出于情面给同事买礼物觉得不可思议。我想，这确实是日本特有的习惯啊。

礼物又麻烦又占地方，费尽心思买回去的结果，对方的反应是"啊，这种点心很常见吧"，并没有显得很高兴。打工的地方有一个类似"大家的礼物角"的地方，看上去味道相似的点心盒子排成一排，如果自己买的点心一直剩下的话，我就会很难堪。有时，我不忍心看着它过了保质期被扔掉，便自己悄悄地吃掉一些。

虽然我觉得这样真浪费，但不知道为什么，我并不特别讨厌这个习惯。点心盒子上贴着写有"请随意品尝"的便条，我会伸手拿出一块点心，附上一张小小的便条，写上"多谢款待"。还有一次，我跟对方说"你买的蛋糕真好吃呀"，她说"其实我们家是开蛋糕店的"，让我很意外。最近也有很多外国人来做兼职，或许是花了一番心思吧，一位外国同事指着印有外语的点心，用有些生硬的日语笑着对我说："那是我前几天回国时买的点心。尝尝吧。"我把有异国风味的点心放进嘴里，想象着"啊，这个人是在有这种味道的食物的国家长大的呀"。尽管大家在一起工作，我却感觉用舌头了解到了自己所不熟悉的那个人的一些情况。

每次去旅行时，我都会感觉很对不起送给我礼物的人，但有时，我会借着礼物这个契机，问起"旅行怎么样啊"，从而有了很多话题。或许买礼物的那个人会觉得很麻烦，或许觉得行李很累赘而心烦意乱。即便如此，能够这样交流，我还是很开心。

旅行或是因为工作出远门对我来说是"非日常"的。在这种非日常的状态下，我会忽然想起"日常"生活中的人们。我给他们买礼物时，会感觉自己也有可以回归的"日常"生活。虽然有些夸张，但我确实想体会这种心情，而不自觉地在外出的地方物色礼物的。虽然这个习惯麻烦又累赘，但因为它含有这样一种奇妙的温度，所以我做不到那么讨厌它。

徘徊在
日本桥的日子

　　我想要回忆写《吃在街上》这本书时自己的生活，便把旧笔记本找出来了。打开笔记本，第一页上写的应该是那一年的努力方向：

　　"早晨按时起床，起来后把被子拿到房间外面，认真地投入工作。"

　　虽然写得像小学生的暑假目标似的，但我是很认真的，画了星号，为了醒目还画个方框围起来。

　　二〇〇九年，我二十九岁，到了夏天就三十岁了。一月，我写完《星吸水》这部中篇小说后，久违地写了一部短篇小说。由于我做不到同时写好几部小说，因此几个月以来都在写这部短篇小说。

　　在着手写作《吃在街上》那天的笔记里甚至写了这样的内容。

　　"好不容易写一次短篇小说，就放开一点，写写只有短篇才能写的东西吧！""在家庭餐馆里喝着啤酒思考吧！"

为什么我会在笔记本里写这些内容？如今重新一看，觉得很难为情，但我写这部短篇小说时确实是想"放开一点"的。我想不起来那天自己是否真的喝了啤酒，当时我刚写完中篇小说，好像是有些昏昏然了。我想在这部短篇小说中尝试一下从来没有写过的东西。

《吃在街上》对我来说是一篇具有小小挑战的作品。自从投身写作以来，我写的全都是有关青春期和女学生方面的小说。虽然《星吸水》讲的是成年女性的故事，但由于故事情节是主人公辞职后重新找工作，所以并没有职场方面的内容。这回我想好好写一写职场中的成年女性的故事。这就是我写这部短篇小说的初衷。

一开始我没有想过把吃野菜这种情节也写进去。我再三拜托一位在公司工作的和我同岁的朋友，让我采访了她好几次。她上班的地点在日本桥。我一再向她追问公司里存包柜的位置或是一天的日程安排等问题，一一记录下来。我想，这样会不会让朋友觉得很厌烦呢？

我乘坐电车去了日本桥，走到朋友工作的公司所在的大楼前，在附近转来转去。朋友午休时，我曾几次和她在大楼前碰面，两人一起吃午饭。我跟穿着公司制服的朋友一起在便宜又很受欢迎的意大利面店里排队，一直跟她待到午休结束。渐渐的，我感觉自己也必须和她一起回到那栋大楼里似的了。

午休时间到了，朋友快步走回大楼前，把脖子上挂着的员工牌在识别仪器上贴了一下，便走进去了。我目送她进去后，在日本桥大街上站了好久。午休结束后的上班族们接二连三地返回各自的公司去了。

我吃得很饱，在街上四处闲逛。大概是这时吧，我忽然看着一只鸽子，心想："这家伙或许能吃。"我看到花坛中长着的杂草，心想："没准这个也能吃。"

当时（如今也是）我对"肉体"很感兴趣。

○月○日 "要重视肉体感觉。"

○月○日 "肉体感觉。五感。"

○月○日 "珍视肉体感觉！"

我在笔记本上执拗地反复写"肉体"这个词。"吃"是肉体重要的行为之一，我打算重新审视这件事。

这部短篇小说的具体内容确定下来后，我在日本桥附近徘徊的日子越来越多了。我把塑料袋藏在手提包里，在花坛和空地上四处拔草。一次，我像个小偷似的鬼鬼祟祟地在那里拔草时，一位优雅的老年女性问我："请问，你在干什么呀？"我解释称："我在收集小草。我正在研究城市里生长的小草……"她笑着说："哟！是这样啊。年轻人研究的东西就是奇怪啊，呵呵。"

　　我真的煮过蒲公英吃。早晨我悄悄地借用了厨房，把洗好的蒲公英放进锅里。我听说它味道很苦，便煮了好长时间，结果煮得黏黏糊糊的，看着很恶心。第二次煮的时候，我把时间缩短了一些，留下了它的苦味。这样才觉得好吃一些。

　　如今，有时我还会去日本桥那边。朋友已经结婚怀孕了，不在这条街上工作了。这里建起了好几栋当时没有的大楼。

　　与那时相比，无论是街道，还是自己都发生了变化。但是，"自认为曾经工作过"的那家公司还在那里。现在我还会不由自主地走到那栋大楼前，然后怀着某种眷恋的心情凝视着不断被大楼吸进去的人们。

猴子
与人

几年前，一位女性突然邀请我一起去旅行。虽然在多人聚会的宴会上，我经常遇到她，但从没有和她单独出去的。由于我只和特别要好的朋友旅行过，所以有些吃惊，但还是很高兴。我马上回答"好呀"。

或许是因为我们都顾及对方的想法，所以迟迟定不下来去什么地方，但是我们在寻找来的宣传册中，看到了在地狱谷温泉里猴子泡温泉的照片，便想去看猴子泡温泉，顺便我们自己也泡一泡温泉。如果天气不太冷，猴子就不会来泡温泉，因此她查看了地狱谷野猴公苑的实时影像，发邮件告诉我"今天猴子泡温泉了！"之类的消息。

旅行当天，我们到了旅馆后马上就去了地狱谷野猴公苑。由于猴子们是否会泡温泉取决于它们的心情，因此我们打算，今天看不到的话就明天再去。

其实我们完全没有必要担心。公园里有很多猴子在四处走动，有的猴子泡进温泉里梳理毛发，有的老的小的并排坐着，舒服地眯着眼睛。猴子们弄湿毛发，慢吞吞地泡进温泉的样子跟人一样，非常有趣。公园里外国游客很多，都不停地给猴子拍照片。我们也观赏着猴子们泡温泉的样子，看着小猴子泡温泉的动作就像老爷爷似的，开心极了。

猴子入浴的滑稽样子让我们一饱眼福后，我们便回旅馆自己泡温泉了。我们俩拿着浴衣和毛巾，一起朝着旅馆的温泉走去。

我把东西放进存包柜，马上就脱光了。我脱衣服的速度很快，有时还会同时脱掉胸罩和内裤。

脱光之后我看了一眼旁边，发现她刚脱下毛衣，正要用手解开衬衫的纽扣。我心想，糟糕，应该留点心，两个人同时脱光就好了。

后来回想起来，其实我应该说一句"我先进去了"就好了，可是当时我只想尽量表现得自然一些，等着她脱光衣服。于是我在更衣室里走来走去，或是仔细读着写有温泉功效的贴纸。

"这里的温泉有助于缓解肩膀酸痛哦。"

"欸，真的吗？真好呀！"

我们就这样你一句我一句地交谈着，我马上就看完了温泉功效的说明。

我看到那里放着一顶草帽，旁边写着下雪时请使用，我心想"这个可以打发一些时间了"。

"你看，戴上这顶草帽，可以赏雪泡温泉哦。"

我时而把帽子拿在手里观瞧，时而戴在头上。这样磨蹭了好一会儿，总算等到她脱光了衣服，我便装作刚好欣赏完了那顶帽子的样子说"啊，正好啊。那我们进去吧"，便一起打开了通往温泉的门。

以往和别人一起去泡温泉时，我总是遮住自己的胸部和下半身。进入浴池时当然会取下毛巾，所以这样做几乎没有意义，但我不自觉地就养成了这个习惯。

但是我突然看了她一眼，顿时慌张起来。我发现她遮着自己的肚子，而不是胸部和下半身。而我的肚子却是裸露着的。她并不是很胖，却很在意肚子，还说"最近小肚子凸出来了……"对她来说，首先必须要遮住的身体部位好像是肚子。

由于我觉得应该优先遮住胸部和下半身，所以很发愁。旅馆里的毛巾又小又薄，很难用一块毛巾把这两个地方全部遮住。我心烦意乱，最终决定模仿她遮住了肚子。如果她遮住额头，想必我也会遮住额头的。因为不知道为什么，露出她拼命遮住的部位会让我觉得很不好意思。

我洗完身体进入了浴池。露天浴池只有我们两个，心情很舒畅。

"今天不能赏雪泡温泉了。"

"是啊。"

我在思考猴子的事。现在猴子们也在泡温泉吧。

如果猴子看到我会怎么想呢？之前还觉得猴子泡温泉的样子很有趣，咔嚓咔嚓地给它们拍照片，现在又觉得自己比猴子还奇怪。

我想，人类也许是比猴子还奇怪的生物。我为白天自己那样少见多怪地叽叽喳喳感到些许惭愧。

即便是在浴池里，她也会若无其事地用手遮住肚子。我也不由得遮住自己的肚子，总感觉猴子在看着我们这副样子似的，眼睛一直望着露天温泉那边的漆黑的山林。

最适合旅行用的
塑料袋

我常常收集"特别适合去旅行时用的塑料袋"。

"这种可以当布袋用的塑料袋最适合泡温泉时带进更衣室里了""要装换洗衣物，用这个大些的袋子最棒啦""只有用这个袋子把湿漉漉的泳衣带回家我才放心"，像这样，各种用途都有我喜欢的袋子。我准备行李时，最先拿出来的就是袋子。比起背包来，我总是先把各种袋子摆在屋子里。

如果找不到自己喜欢用的袋子就大事不好了。我会想"第二天旅馆里有温泉，所以无论如何也不能没有那个袋子……"于是我会在"装着旅行用袋子的袋子"里找起来。

我坚信其他人都是这样的，但有一次，我和一位经常旅行的朋友去旅游时才发现别人不一定是这样的。有时她会就地取材，"就用刚才买的车站盒饭的袋子好了"，或是随手把一个看上去很好用的袋子扔进了旅馆的垃圾箱里，说"这个袋子没用了"，我见了真是大开眼界。她似乎也不会像我这样为了"万一有什么急需要放的东西"，把好几个暂时派不上用场的袋子放进包里。

我受到了打击。但是，或许像她这样经常旅行的人，才这样轻装出行吧。我虽然想要向她学习，但一遇到看似很好用的袋子时，又会想"这个很适合旅行时带上啊……"而把它收藏起来。看来要想成为旅游达人我还有很长的路要走啊。

京都学艺
体验记

　　对我来说，京都是个很特别的城市。听父母说，我还不记事的时候曾在那里住过，我是听着这句话长大的。母亲经常小声感慨：京都真美啊。我感觉京都的"美"不仅在于街景，还包含着蕴含在城市中的文化、人们的语言以及行为举止等无形的东西。

　　你想去京都学艺吗？这句话对我来说是极具魅力的邀请。京都也好，学艺也好，都是我憧憬的世界。我只在小时候学习过一些才艺。我一直想等到长大后，要依照自己的意愿学习一些新东西。

　　由于难得去一趟京都，因此我想学习演奏小鼓。虽然我对这种乐器一窍不通，而且从来没有接触过，但对远处回响着的动听的声音抱有朦胧的憧憬。可以在京都学习演奏小鼓。这是多么美好啊！出发之前我就兴奋不已。

当天到了京都后，我先让别人帮我穿上了和服。仅仅是穿和服，对我来说就是个特别的仪式。我穿上和服，把头发盘起来之后，很自然地庄重起来，腰板也挺直了。刚刚我还随心所欲地走来走去，但穿上和服之后就特别在意自己的举止了。我非常在意自己的举动是不是粗俗，是不是怪异，紧张得很。

到了老师家里，我紧张到了极点。老师是个厉害的人可怎么办？我像个孩子似的忐忑不安，这时嘎啦一声门开了，一个学生笑眯眯地上前迎接我们。

我们穿过雅致的庭院，走进了房子里。我一边飞快地思索着，把草鞋摆在玄关的哪个地方才不失礼，怎样按住和服下摆比较好，一边跟着她走进了房间。

我觉得学艺不单纯是学习，还是与他人的邂逅。特别是邂逅可称作"老师"的人，对于学习某种技艺的人来说是一件非同寻常的事。只体验了一天就想以师徒相称，不免有些厚脸皮，但对我来说，"老师"是引导我走向新世界的人。

出现在房间里的老师是一位非常和蔼又充满了凛然正气的人。和服穿在她身上，是那么自然而得体，令人感觉进入了"和"的世界。

老师爽快地跟我交谈起来。谈话间我渐渐地放松下来了。

"您也收像我这样的初学者吗？"

当我问到一直担心的问题时，老师说：

"我一向是从最基础教起。起步阶段是最重要的。"

"我很重视学习规范。因为规范这东西，老师若是不精益求精的话，学生恐怕再也学不到家了。因此，现在我也有机会教授孩子们，其实基本上就是教规范。"

"您所说的规范是指行为举止吗？"

"也包含这一方面，比如说让孩子们把鞋摆好啦，告诉他们不可以拖沓，等等。"

由于这些都是我穿上和服后一直担心的事，因此得知有人可以教我好好学习这些东西时，才恍然醒悟。我明白了，遇到不懂的问题时，不应该只是踟蹰不前或感觉难为情，只要坦诚地请教别人，从头开始学起就行了，这是理所应当的事。

谈话过后我们来到了另一个房间，开始接触小鼓了。

"首先我简单地介绍一下小鼓。鼓是用马皮做的，有正反面。还有用樱花木做的鼓身，小鼓就是用麻绳纵横交错地把这两部分组合起来的打击乐器。"

当老师把小鼓放在我面前时，我天真地感慨不已："这是真正的小鼓啊。"

"挎在肩上后，看不到敲击面是小鼓的特点。"

我一瞬间理解不了看不到敲击面是什么意思，只是一味地在头脑中做笔记。

"你先不抱成见地敲打一下。"

话虽如此，可我连怎么拿鼓都不知道。只听见老师说手要这样放，大拇指要弯成这样子，我按照老师说的那样，小心翼翼地把小鼓抱起来，挎在右肩上。

"请按照自己的印象，敲打一下。"

我用力甩动手腕，用手掌啪的一声敲响了小鼓。我模仿的是电视上常见的击鼓画面，可是与我的印象和力气相反，小鼓发出来了嘣的一声闷响。

"请你多试几种手法。"

但是，无论我敲打多少次，小鼓只是发出嘣、梆这种像在拍打桌子似的发闷的声音。

通过敲打小鼓，我明白了看不到敲击面的意思。因为我不知道自己的手掌是怎样拍打的，也不知道在敲打鼓的哪个部位。

"没想到敲不响吧。"

"是的是的。"听了老师的话，我连连点头。

"你要这样……"老师纠正了我的姿势和持小鼓的方式。

"放松一下你的手。"

我按照老师说的，放松了手腕。这时，老师把着我的手腕，和我一起敲响了小鼓。

砰！砰！

小鼓发出远远超乎刚才自己的击鼓声的巨大声响，真是令人大吃一惊。仿佛周围的空气都在震动。那是和噪音的震动完全不同的，让房间里的气氛骤然紧张起来般的震动。

"是否能够放松下来对敲鼓至关重要。鼓声，其实不是从敲打的这一面发出的，而是从它的背面发出来的。你只要听我这样一说，马上就能敲响。"

果然如老师所言，就像变魔术似的，我非常兴奋，

"是的！是的！"不停地点头。

　　"适当地吸气呼气，能敲出更好听的声音。吸气，砰！"

　　我吸了一口气使劲一敲，砰的声音更大了。

　　"一定能敲出村田小姐特有的鼓声，即便是敲打同一面鼓，发出的声音也会因人而异。来这里学习的人每个人敲出来的声音都不一样。"

　　敲鼓达人都能敲出美妙的声音，这美妙的声音想必都是一样的音色吧，我这样猜想着，在感到惊讶的同时也非常激动，很好奇自己特有的鼓声是什么样的声音。

　　"现在我来敲一下村田敲过的鼓。"

　　老师一敲，美妙的声音使得房间里的空气令人愉悦地颤动起来。与悦耳的振动相呼应，房间里的空气发生了变化，仿佛出现了一个全新的世界。

　　"鼓有五种声音。"

　　老师一边讲解一边敲鼓。从自己刚才敲打的鼓里像变魔术似的发出了各种复杂的音响。

　　"像今天这样潮湿的天气特别适合敲小鼓。"

　　今天赶上了小鼓能发出美妙声音的天气，不知道为什么，这种巧合让我觉得自己与小鼓很有缘分似的，格外开心。

接下来学习一边喊号子一边敲鼓。

"号子也是声音的一种。"

虽然我有些难为情，但一想到自己的身体也是一种乐器，便有了些勇气。我随着老师的谣曲，喊了一声"哟——"同时砰地敲了一下鼓。

虽然我想喊得更大声一些，但腹部怎么也发不出力来。我只顾着喊了，敲出来的鼓声又变得发闷了。

"敲不响也是一种乐趣。我给你一点建议，你就能敲响了，就是越真诚的人敲得越响。"

要真诚！我把老师说的话牢牢记在心里。

"村田小姐来学习，最让我开心就是没有接触过鼓的人又少了一个。很多人都说虽然知道哆来咪，却不知道小鼓是日本的乐器。让没有接触过小鼓的人逐渐变少是我的愿望，也可以说是野心。"

自然地蕴藏于老师心中的这番话很不经意地传递给了我。我感觉老师的话也像鼓似的，不同的学生听到的音响也是不同的吧。

"虽然能乐世界是非日常的世界，但还是和日常生活密切相通的。"

　　最后，我再次挎好小鼓，敲响了它。

　　我对自己说着"要真诚！要真诚！"这句话，将整个身体完全交给老师，使全身放松下来。

　　砰！

　　从鼓里发出来的砰的一声是今天我独自敲出来的最响的声音。

　　"很真诚的声音啊。"

　　我听了老师的话很高兴，还想敲得再响一些，结果这次发出了奇怪的声音。

　　"这次有点贪心了呀。"

　　我有些难为情，原来老师从鼓声里什么都能听出来啊。

　　"谢谢您！"

　　学习结束后，我满怀敬意地向老师深深地鞠了一躬。虽然日常生活中我也会说些感谢之词，但我怀着"谢谢您让我学到了很多东西"的感情对老师说的"谢谢"，是不同于平时的。

那天晚上，我一直在想习鼓的事。不仅是那砰的一声让人心情舒畅的鼓声，还有老师的话里所蕴含的"日本味儿"。今天，从未接触过鼓的人减少了一个，那个人就是我。

虽然学艺的时间很短暂，但好像有什么东西嵌入了我的身体里。这段经历比想象中更让我难以忘怀，铭记在我的心中。

从鼓里发出了我特有的"声音"，这种感觉如今还留在身体里。砰的一响，那是我特有的声音。我想再次邂逅那种声音，我回到东京后的现在，偶尔也会一边摇晃手腕一边回想着。

走遍全球的
幻想

　　我因为工作而出了一趟国。只要出国，我买的书都是《走遍全球》。由于每次出国我都会买这本书，结果书架的一角变成了《走遍全球》专区。我买来这本书最先看的并不是地图和介绍旅游景点的页面，而是《水是否安全》《治安怎么样》以及《入境卡的填写方式》等内容。由于往往只读了这几页，就到了旅行的日子，因此我完全不了解当地的旅游景点，只对兑换货币和打出租车之类的事了如指掌。

　　回到日本后，我总是产生这样一个疑问：《走遍全球》里是如何介绍日本的呢？比如，日本人很在意卫生间。我发现日本马桶的按钮比外国多，如果不小心按下了温水洗净按钮也许会很麻烦，但我还是会不自觉地想象《走遍全球》会怎样介绍这种事。

　　日本大多数卫生间是可以无偿使用的，几乎所有的卫生间都备有卫生纸，您可以放心使用。第一次使用时，您看到那么多按钮，或许会不知所措吧。不仅有温水洗净便座的按钮，甚至还有掩盖排泄声音的"流水声"按钮。仔细看的话，可以发现很多马桶上都用英语标明了冲水按钮，因此请不要急着按下去。由于很多马桶上都装有特殊情况下使用的紧急按钮，因此请您注意不要按错。

如果有这种介绍，外国人也能从容地使用日本的卫生间了吧。

此外，我偶尔还会不自觉地幻想"《走遍全球》会怎样介绍下面这件事呢？"

乘电车的话买IC卡乘车券很方便，这一点务必事先了解清楚。请大家注意电车高峰时间的贴士也有必要。如果不知道在用触摸屏点菜的小酒馆里该怎样操作，会感到困惑。关于泡温泉的规矩，希望游人通过带图片的介绍多次模拟之后再去温泉。出国旅行回来后发现，因为自己生长在日本才没有注意到这些事，如果自己是游客，肯定有很多事要查看《走遍全球》这本书才能明白。

我特别想看《走遍全球》这本书的"日本"特辑。我一直在寻找是否在卖这本书，但怎么也找不到。或许是理所当然的，毕竟没用日语介绍日本的书籍的市场吧。但我还是想看。虽然我也不知道究竟该基于哪个国家的常识介绍日本的书才能让我接受，但我很想知道，在不同文化背景下长大的人们是如何看待自己一直习以为常生活着的地方的？

最近我的幻想升级了，我甚至开始思考《走遍全球》中的"地球"特辑的事了。诸如"这个星球上有这种交通工具""这个星球上被叫作人的动物是这样一种生物，因此需要注意"等等，我的幻想无穷无尽。我觉得这才是真正的《走遍全球》。虽然我完全不知道该面向哪种文化背景的人介绍，但为了有一天外星人能来地球旅行，我每天都盼望着它能够出版。

给人惊喜的
礼物

    我去旅行时，总有一种想给朋友和关照过我的人买礼物的冲动。特别是在愉快的旅途中时，我特别想买回一些稀奇的东西和美味与她们共同分享这种幸福的感觉。

    以前，有一次我和朋友A女士去巴黎时，进了一家很别致的文具店。店里摆放着漂亮的明信片和形状奇特的笔记用品，我着迷地在店里到处看，这时我突然想到，啊，就在这里给最喜欢的人们买礼物吧。

    回国后会和要好的朋友们聚会，就在那时把礼物给她们，想到这儿我很激动。纠结了很久，最终决定买一款封皮鲜艳的笔记本。我在选图案时，突然想起现在和我一起旅行的朋友A也会去参加回国后的聚会。

    按常理思考的话，由于朋友A是和我一起旅行的，所以不用给她送礼物。但是，我在旅行的地方买到了

"好想送给喜欢的人啊"这样的礼物，如果唯独不送给A，总觉得冷落了她。我想了一下，决定作为惊喜也给A买一份礼物。

我拿着选好的笔记本去收银台时，发现A正好也在买明信片，她很开心地笑着对我说：

"啊，沙耶香也买东西了呀，这家店很棒吧。"

我一边点头一边想，她应该没有想到我在给她买礼物吧，便暗自得意。我感觉自己在悄悄地准备一份薄礼，不由得羞涩起来。

回到日本后，终于到了大家聚会的日子。朋友A在恰当的时机说道："前几天我和沙耶香一起去了巴黎。这是给大家带的礼物。"便开始给大家分礼物。我也兴冲冲地从包里拿出了礼物。

"这是我给大家买的。"

"哇，谢谢！"大家笑着收下了。

"给，还有A一份。"

A听了好像很意外。

"欸！？沙耶香，我是和你一起去的巴黎呀！？"

我看到A并非开心的困惑表情，便赶紧解释。

"因为是一次很棒的旅行，所以我也想给你买份礼物。"

　　"这样啊……吓了我一跳，我还以为你失忆了呢。"

　　虽然A放心地松了口气，但似乎还是不大理解我的行为。

　　"虽然我们是一起去旅行的，但还是要谢谢你的礼物。我会好好珍惜的。虽然我是和你一起去的……"

　　看到A的样子，我暗下决心，再也不要给和我一起去旅行的人准备那次旅行的礼物了。

　　但此后，旅行时我还是会产生想给同行的人买礼物的冲动。只要旅行得很愉快，我就想让自己喜欢的人们开心，由于大多数旅行都是和喜欢的人一起去的，因此我总想给同行的人买礼物。

　　"啊，B，你喜欢喝酒，或许会喜欢这个。啊，虽然我们是一起去旅行的……"

　　"这个好像很适合C君啊。虽然我们现在就在一起……"

　　现在我虽然在克制着想买给人惊喜的礼物的冲动，但总有一天会忍不住的，真是可怕。我一边不停地告诉自己这是禁忌，一边继续着旅行。

富士摇滚
音乐节的回忆

大约五年前，我和编辑、新闻记者一起去参加富士摇滚音乐节。

去参加的契机是有人问我："最近有什么新鲜事吗？"我答道："啊……我和一个不太熟的人去旅行了。"她便说："那么，这次我要和朋友去富士摇滚音乐节，现在跟我还不太熟的村田也一起去，怎么样？"于是，我真的和她们一起去了。

由于我很少参加音乐节，所以听别人讲了很多注意事项，自己也多方了解，买了长筒靴、雨衣、帽子和太阳镜等东西。

当天下着大雨，天气异常寒冷。我深刻地体会到了山里气温之低，同时又被在这种环境下演奏的扣人心弦的音乐所感动。

但是，随着夜幕降临，天气越来越冷，女士们渐渐地"犯起困来",觉得"这样下去的话有些危险",于是女士们先下山了。

虽然我很遗憾没有欣赏到最后,但对我来说仍然是一次刺激而又愉快的体验。

音乐节结束后,男人们也下山了,大家一起干杯庆贺平安无事。

有个人问我:"你是第一次来富士摇滚音乐节吗?"

我回答:"说起来,大学时我只和朋友来过一次!当时也下着大雨。能看到高大的富士山……"

每年都参加这个音乐节的记者露出很惊讶的神情。

"富士山?!那不是传说中的第一届富士摇滚音乐节吗?"

"欸,是吗?"

"第一届富士摇滚音乐节是在富士山脚下举办的,从第二届开始,场地就变了哦。"

"但是我看到富士山了呀。"

"好厉害呀!在富士摇滚音乐节粉丝们看来,那可是传奇的第一届音乐节啊!村田小姐见证了这个传奇呀!"

虽然我对当时的事印象不深，很遗憾，但想到自己竟然有过这么传奇的经历，不由得激动不已。我试着用模糊的记忆回忆那段经历时，她听了感叹道："真是太厉害了。传说中的第一届……"

第二天的早报上刊登了昨天富士摇滚音乐节的照片，标题是"接受山峰洗礼的人们"，大家看了笑着说："我们接受了洗礼啊。"

回家后，我给当时一起去参加第一届音乐节的朋友发邮件："我们大学时参加的富士摇滚音乐节好像是很传奇的一届呢！"结果她回复道："沙、沙耶香……我记得那是《PPPPPUFFY的富富富富富士山》①吧？你不要介意啊……"看完邮件我郁闷了好久。一想起大家比我还要兴奋、喜悦的脸庞，我就恨不得把这件事带进棺材里，最终还是忍受不了良心的谴责，给大家发了群发邮件，坦白了真相。

从那以后，每逢夏天临近，到了举办富士摇滚音乐

---

① 《PPPPPUFFY 的富富富富富士山》是电视朝日系列局播放的电视朝日制作的多彩多姿节目（1997 年 10 月 1 日至 2002 年 3 月 31 日）。据说来自日本一个叫 PUFFY 的乐队举办的音乐会的名字。

节的季节时，这段回忆总会在我脑里复苏。我和那些笑着原谅我过错的善良的朋友们，在"接受过山峰洗礼的人们聚会吧！"的名义下，一起去吃饭，一起去京都等等，已经完全不是"不太熟的人"了。我庆幸自己那时勇于踏进了未知的世界。我一边想着今年的音乐节要是晴天就好了，一边回忆当时令人怀念的光景。

写给从乐园
重获新生的自己

　　到达斯里兰卡时是晚上。我清楚地记得全身被与日本的温度、湿度完全不同的空气包裹的感觉。在这次旅行中的收获无法估量，如果全部写下来可以写满数十张稿纸。当时我没有想到这趟旅行能有如此多的收获。在旅行中，经过一再筛选，我想把带回日本的重大变化汇总成三点记录下来。

　　第一是我对"身体"认知的变化。我去斯里兰卡的目的之一就是尝试阿育吠陀疗法①。在东京，身体是我这个工作狂操控的一种不方便的出行工具。这是一种用

----

　　① 阿育吠陀是梵文，意思为生命的科学。阿育吠陀医学不仅是一门医学体系，而且代表着一种健康的生活方式，是以意识为基础的身心医学体系。医生会全面了解患者，不仅靠观察还会凭直觉。因为患者不仅是血肉之躯，还是会不断变化的人。在医疗实践中强调饮食、生活方式、周期和日常规律、草药、按摩或者触摸疗法、身体排毒、能量运行，通过瑜伽和冥想修炼精神，以及手术。

过头就会发生故障，用药物控制着病情使它继续运行的工具。由于我很清楚自己一向不注意养生，因此第一位医生诊断时我有些紧张。医生轻轻地摸着我的脉搏，专注地诊断我的身体状况。"你是不是在喝什么保健品啊？营养不均衡，是不是总吃一种食物啊？"医生指出的都是我的要害问题。我什么营养都不考虑，每天只知道吃千篇一律的食物，全身心投入工作，为了补充蔬菜摄入量，胡乱吃各种保健品。然而身体是诚实的，会及时地释放信号。

然后，按照医生的指示，按摩师用调配好的精油为我做了按摩。我肩膀上僵硬的肌肉变得柔软了，全身仿佛得到了解放似的舒展开来。在旅行期间，我做了好几次按摩，最后收到了一张写有详细建议的纸，告诉我回到日本后该怎样生活才有助于身体健康。不要一时放松，今后也要好好倾听"身体"的声音。身体不是工具，要正视作为生命个体的自己。不知从何时起，我对"身体"的认知已经自然而然地发生了变化。

第二是我看待风景的视角发生了变化。这种重要的变化是伴随着与巴瓦的建筑邂逅而来的。参观杰弗里·巴瓦①的建筑也是我此行的一大目的。在旅行之前，我以为自己会像欣赏美丽的雕塑一样感受他的作品。但是我的想法有些偏差。我发现如果没有真正伫立在他创造的作品中，就不会理解承载在该建筑中的世界的。

住在杰特威湖酒店让我邂逅了巴瓦建筑，并且成为我一生难忘的经历。巴瓦套房是我迄今为止住过的最漂亮的房间。我并不是因为它是套房，因为它豪华才这样说的。因为房间很漂亮就不必说了，不仅如此，房间里还能感受到绿植的呼吸。夹在窗户和窗户之间的空间，也夹在了窗户外面开阔的绿植和绿植之间。站在房间里，等于站在了绿色蔓延的美丽景色中。有生以来我第一次体会到这种开放感中充斥的不可思议的安宁感。

我也忘不了住在加勒灯塔酒店的那一天。富有感染

① 杰弗里·巴瓦（Geoffrey Bawa，1919—2003），斯里兰卡最多产和具影响力的国宝级建筑大师，被誉为"斯里兰卡之光"。他精通现代主义理论，是热带主义风格的最初支持者之一。其特色是在设计过程中，将当地的环境因素与现代主义理论形式结合在一起。巴瓦的建筑设计在许多热带环境中形成了一种新的建筑风格，获得过多项奖项。

力的作品镶边的螺旋式楼梯营造出庄严的氛围，沿着昏暗的楼梯慢慢走上去，视野突然变得开阔了，阳台的前方一览无余。哇！我不由得欢呼起来。

伫立在巴瓦设计的建筑物中，我会情不自禁地想到朝霞和晚霞。虽然天空每天都在变化，但在东京时我总是视而不见，而这时我却被一种冲动攫住了：我要在这个美丽的地方花几个小时欣赏天空的变化。不仅是感受建筑，一种不可思议的贪婪让我还想进一步欣赏和感受建筑前方那广阔的天空、阳光以及大海的声音，因为我被它们深深地吸引了。

在杰特威湖酒店时，我在那里的标志性大树旁的椅子上坐了两个多小时，一直注视着天空的变化。即便我在那里坐了好几个小时，也丝毫没有感到厌倦，简直就像被人施了魔法似的。

我在参观卢努甘卡庄园①时才感觉稍微理解了那个

---

① 在巴瓦众多作品中，最关键的作品是他投入了近五十年精力的卢努甘卡庄园。卢努甘卡庄园是一个遥远的隐居所，一个远离现代世界的边远地区，一个斯里兰卡大荒原上的文明花园，由一个古代橡胶园改建而成的户外式居所系列，常令人联想到神圣的博斯科和斯托海德。

魔法的奥妙。我坐在那把据说巴瓦很喜欢的椅子上，被那里展现出来的既有活力又美不胜收的景色深深地震撼了。那时，我突然被一种在"感受这个星球"的感觉占据了。天空、风和绿植都在一点点变化着，却又永远保留在这里。因为我感觉自己好像花了很长时间欣赏地球这个星球的美丽。或许这时我重新邂逅了地球这个美丽的星球。我难以忘记这种感觉，至今仍记忆犹新。

第三个变化是每次体验异国文化时感受到的"回归"的感觉。无论是斯里兰卡的食物还是遗址，在此之前对我来说都是未知的，却不知为什么很怀念它们。虽然我不知道其中的缘由，但身体好像与它们产生了共鸣。

第一天早晨，我在喝红茶的时候，有人告诉我应该一边咬着一种叫贾谷丽的砂糖一边喝。我非常喜欢这种喝法，在旅馆时，早晨总要嚼着贾谷丽喝两杯红茶。第一次用手吃东西对我来说也是很新奇的。在盘子里放上各种各样的食物，用手搅拌均匀，做出自己喜欢的味道。然后用手抓起食物，用大拇指轻轻地推入嘴中。我觉得比起用叉子和勺子吃，这样吃出来的味道更细腻，多种味道混合在一起感觉更好吃。

　　我在阿努拉达普拉参观寺院时，印象最深的是人们一直驻足在此地祈祷。我体验阿育吠陀疗法时，医生也鼓励我"祈祷"。我也想在这里祈祷好几个小时，我觉得这对自己来说是一件很自然的事。明明是初次邂逅的异国文化，我却感觉它已经很自然地渗透进我的身体，真是不可思议。通过感受斯里兰卡的文化，我感觉那个熟悉的自己觉醒了。

　　如今虽然旅行结束了，但这些变化依然存在于我的身体中。这是因为通过旅行，原本存在于我的精神和身体中的不一样的感受方式与生活方式觉醒了。这是一种变化，同时也是与"不变的东西"的邂逅。

　　回到日本，我试着喝了被叫作samahan的香料茶，这是别人托我带的土特产。它有少许甜味和香料的香味。我抵达斯里兰卡机场时闻到的新奇的香味，现在已经成为非常熟悉又令人怀念的味道了。

　　从这次旅行中重获新生的我，如今也实实在在地生活在这里。让我有这种感觉的旅行有生以来是第一次。从这里出发到未来的我一定和之前有些变化。从明天开始，与之前稍有不同的我将继续生活下去。我由衷地感谢这次旅行，它唤醒了一个全新的又熟悉的自己，获得了一段特别的体验，而且，我祈祷着有一天还能再去一次斯里兰卡。